Edmund Stengel

Vocalismus des Lateinischen Elementes in den wichtigsten romanischen Dialecten von Graubünden und Tyrol

SALZWASSER
VERLAG

Edmund Stengel

Vocalismus des Lateinischen Elementes in den wichtigsten romanischen Dialecten von Graubünden und Tyrol

Unveränderter Nachdruck der Originalausgabe von 1868.

1. Auflage 2022 | ISBN: 978-3-37506-286-6

Verlag: Salzwasser Verlag GmbH, Zeilweg 44, 60439 Frankfurt, Deutschland
Vertretungsberechtigt: E. Roepke, Zeilweg 44, 60439 Frankfurt, Deutschland
Druck: Books on Demand GmbH, In de Tarpen 42, 22848 Norderstedt, Deutschland

VOCALISMUS

DES

LATEINISCHEN ELEMENTES

IN DEN

WICHTIGSTEN ROMANISCHEN DIALECTEN

VON

GRAUBÜNDEN UND TYROL

AUFGESTELLT UND

UNTER HERBEIZIEHUNG DER VERWANDTEN ROMANISCHEN SPRACHEN

DURCH ZAHLREICHE BEISPIELE BELEGT

VON

DR. EDMUND STENGEL.

BONN, 1868

IN COMMISSION BEI ED. WEBER.

Meinen verehrten lehrern

den professoren

FR. DIEZ und NIC. DELIUS.

Zweck, vorarbeiten und quellen nachstehender abhandlung.

Gegenwärtige kleine untersuchung hat zum zweck die romanischen dialekte, die bis auf den heutigen tag in einem grossen theil des canton Graubünden in der Schweiz gesprochen werden und sich auch bis nach mehreren abgelegenen thälern Tyrols verzweigen, einer genaueren durchmusterung in bezug auf das ihnen zu grunde liegende lateinische element zu unterwerfen.

Der verfasser beabsichtigte anfangs, mit zugrundelegung der allgemein als richtig anerkannten methode seines verehrten lehrers des herrn prof. dr. Fr. Diez die schicksale, welche sämmtliche lateinische laute in diesen dialekten erlitten haben, zu verfolgen. Er machte den anfang mit dem oberländischen dialekt, für welchen ihm quellen zu gebote standen. Nach herbeiziehung der engadinischen und später auch der tyrolerdialekte (fast ausschliesslich des grödnerischen) besonders aber auch der alten sprachdenkmale aller dialekte, (so weit sie dem verfasser zur hand waren) erschien es ihm, beschränkter zeit halber für geboten, zunächst auf die darstellung der consonantenveränderungen zu verzichten und von den vokalen nur die wandlungen zu verfolgen, welche sie in romanischer (meist auch lateinischer) tonsilbe erfahren haben. Er fürchtete auch, dass sonst bei der grossen menge zu verarbeitenden materials, die genauigkeit der beobachtung leiden möchte. Die sicherlich grossen

1

schwächen und mängel, die dieser arbeit anhaften werden, bittet er mit rücksicht auf seine ungeübtheit und die
schwierigkeit dialectischer studien nachsichtig zu beurtheilen.

Was die vorarbeiten zu einer wissenschaftlichen be-
arbeitung dieser dialekte betrifft, so sind deren nicht
gerade viele vorhanden. Das beste hat auch hier mein
verehrter lehrer prof. Diez geleistet, welcher in seiner
romanischen grammatik vorübergehend auch vorliegender
dialekte gedenkt, sich jedoch dem zwecke dieses werkes
gemäss nur auf wenige, aber recht brauchbare andeutungen beschränkt. Die erste grammatische, aber fast
nur zu praktischen zwecken dienende arbeit ist von
Mathli Conradi geliefert [1]. Sie lag mir vor. Der verfasser steht noch auf ziemlich niedriger sprachwissen-
schaftlicher stufe [2]. Frei von dieser nivellirungs- und
latinisirungssucht Conradi's ist die grammatik von
Carisch [3]), die mir leider erst nach ziemlich vorgeschrit-
tener arbeit zuging, aber besonders über die sehr verwickelte
orthographie wünschenswerthe klarheit verschafft, ausserdem nicht nur den öberländischen dialekt wie Conradi behandelt, sondern auch die engadiner dialekte in den bereich
der untersuchung zieht. Leider ist eine genaue scheidung
der dialecte nicht durchgeführt und muss man desshalb

---

[1]) Praktisch deutsch-romanische grammatik, die erste dieser alt-
räthischen und im Graubünden meist noch üblichen romanischen
sprache. Zürich 1820.

[2]) Als beweis dafür dienen nur 2 beispiele. p. 40 in der an-
merkung steht: „Man schreibt und spricht sonst ludont (Im paradigma
„gibt er für das part. pr. die form ludant) und alle zeitwörter, die
„im infinitiv in ar ausgehen im part. praes. mit ont; aber eigentlich
„unrecht, denn der infinitivus endigt sich auch in ar und so sollten
„alle zeitwörter von der ersten conjugation geschrieben und gesprochen
„werden.“ Im romanischen theil seines wörterbuchs p. 208 findet
sich bei sir m. der schwiegervater (socer) in klammern: „(Englisch).“

[3]) Grammatische formenlehre der deutschen und rhätoromanischen
sprache nebst einer beilage über die rhätoromanische grammatik im
besondern und einigen proben aus der ältesten rhätoromanischen prósa
und poesie von Otto Carisch Chur 1852.

schon eine nähere kenntniss derselben haben um das werk
mit nutzen gebrauchen zu können. Was aber die darstellung der lautveränderungen betrifft, die der verfasser
p. 117 f. seines anhanges gibt, so ist sie doch zu allgemein und ungenau und nicht viel besser, als das, was
A. Fuchs[4]), auf dessen forschungen Carisch basirt, dar-
über zusammengestellt hat. Verdienstlich ist aber namentlich die zusammenstellung der romanischen ableitungen.

Die eben erwähnte arbeit des später so verdienten
romanisten Fuchs ist mir glücklicherweise erst vor kurzem
zu gesicht gekommen. Sie ist fast ganz unzuverlässig
und desshalb auch nach einmaliger lesung von mir un-
beachtet gelassen.

Von sonstigen abhandlungen verdient noch erwähnt
zu werden die des prof. Pirmin Rufinatscha[5]), welche
in zwei beispielsammlungen die art der mischung des
lateinischen und deutschen elementes zu verdeutlichen
sucht. Orthographisch zuverlässige formen, die aber
wohl dialektische Färbung tragen[6]), sind ein vorzug des
schriftchens, während es in etymologischer hinsicht, wie
schon dr. Steub an ihm tadelt, nicht durchaus zuver-
lässig ist. Ferner dr. Steub's ethnologische forschungen[7]). Die darin gegebenen etymologien lateinischer
wörter sind meist richtig. Das verzeichniss altrhätischer
oder etruskischer wörter hingegen bezeichnet er selbst
als ein plenum opus aleae; wie denn auch Diez gram. I.
p. 132 für einige von ihm als rhätisch bezeichnete worte
die lateinische herkunft nachweist. Bei einigen andern
wird es in folgender untersuchung geschehen. Ueber-

---

[4]) Ueber die sogenannten unregelmässigen zeitwörter in den romanischen sprachen nebst andeutungen über die wichtigsten romanischen
mundarten Berlin 1840.

[5]) Ueber ursprung und wesen der romaunschen sprache. Programm d. k. k. gymnasiums zu Meran. Innsbruck 1853.

[6]) Andeer lässt den verfasser aus dem Münsterthale stammen.

[7]) Zur rhätischen ethnologie Stuttgart 1854.

haupt aber erscheint es misslich alles zur zeit noch dunkle
in den etymologisch noch lange nicht hinreichend durch-
forschten dialekten ohne weiteres für etruskisch auszu-
geben, da man es mit dieser sprache ebenso bequem hat
wie mit der celtischen vor dem erscheinen der grammatik von Zeuss, nämlich soviel wie nichts sicheres von ihr
weiss. Das ist auch offenbar die ansicht von Diez, wenn
er die ausscheidung der lateinischen und deutschen be-
standtheile, um dem rhätischen kern möglichst nahe zu
kommen, für eine dankenswerthe arbeit erklärt.

Ungenannt darf schliesslich auch nicht die apolo-
getische arbeit von P. J. Andeer [8]) bleiben, welche zwar,
abgesehen von den schätzenswerthen literaturproben, wenig
neues für den gerade vorliegenden Stoff bietet.

Die von Bühler verfasste grammatik [9]) ist mir zwar
bekannt, musste aber unbenutzt bleiben, da ihr in der
einleitung ausgesprochener zweck die schöpfung einer
romanischen schriftsprache auf eclectischem wege anzu-
bahnen, wenig mit unserem, gerade auf möglichst getreue
wiedergabe des dialektischen sprachstoffes zielenden zwecke
übereinstimmt. Damit soll jedoch keineswegs eine miss-
achtung des löblichen, patriotischen strebens, welches den
geschickten übersetzer „Wilhelm Tells" [10]) beseelt, ausge-
sprochen werden.

Wir kommen jetzt zu den bearbeitungen der tyroler
dialekte. Es sind deren drei, welche ich durch die güte
des herrn prof. dr. J. Ch. Mitterrutzner zu Brixen benutzen
konnte, der mir ausserdem brieflich einige zweifel bereit-
willigst aufklärte und auch sonst nicht unwichtige mit-

---

[8]) Ueber ursprung und geschichte der rhäto-romanischen sprache
Chur 1862.

[9]) Grammatica Elementara dil Lungatg Rhäto-Romonsch scritta
da J. A. Bühler Cuera 1864.

[10]) Guglielm Tell drama en 5 acts da Frideric Schiller vertius e
publicaus en Lungatg Rhäto-Romonsch da J. A. Bühler Cuera 1865.

theilungen machte. Für diese freundliche unterstützung zolle ich ihm hiermit meinen wärmsten dank.

Die erste arbeit rührt von dem erwähnten gelehrten selbst her und sucht mit Rücksicht auf die verwandten romanischen sprachen eine zugleich etymologische und phonetische lautbezeichnung für die 9 von ihm aufgeführten rhätoladinischen dialekte Tyrols aufzustellen [11]). Die deutsche lautbezeichnung, welche die Romanen Graubündens angenommen, wird mit recht verworfen und die lateinischen zeichen durch punkte und striche den gegenwärtigen lauten angepasst. Bei der nur vergleichsweise herbeiziehenden behandlung, die diesen dialekten hier widerfuhr, musste freilich um nicht mit verschiedenen orthographischen systemen zu verwirren, von dieser für wissenschaftliche zwecke trefflichen orthographie abstand genommen werden.

Das zweite etwas umfangreichere buch behandelt einen einzelnen dialekt, den von Gröden [12]). In der lautbezeichnung basirt es so ziemlich auf Mitterrutzners system, weicht aber aus praktischen gründen öfters von diesem nicht gerade glücklich ab. Mit grossem fleiss und anspruchslosigkeit ausgearbeitet, durchweht das werk besonders in der topographisch-ethnologischen einleitung eine liebenswürdige patriotische hingebung Die zahlreichen wortsammlungen bieten, obwohl sie des gelehrten apparates entbehren, sehr werthvolle fundgruben für gelehrte Forschungen.

---

[11]) Die rhätoladinischen dialekte in Tyrol und ihre lautbezeichnung von dr. J. Ch. Mitterrutzner programm des k. k. gymnasiums in Brixen 1856. Zwei vorarbeiten hierzu erwähnt Mitterrutzner p. 11. 1) „Versuch einer parallele der ladinischen mundarten in Enneberg und Gröden in Tyrol, dann im Engadin und der romaunschen in Graubünden. Von J. Th. Haller". (In der ferdinandeischen „zeitschrift für Tyrol und Vorarlberg" Innsbruck VII B.) 2) Versuch einer deutsch-ladinischen sprachlehre von N. Bacher. Manuscript.

[12]) Gröden der Grödner und seine sprache, von einem einheimischen Bozen 1864.

Das dritte werk endlich ist ein italiänisch geschriebenes vom prof. Christian Schneller [13]. Der verfasser behandelt darin den dialekt von Rovereto und Trentino in ähnlicher weise, wie es hier mit den Bündner dialekten geschehen soll, nur dass er die veränderungen der laute nicht auf das latein, sondern auf das italienische zurückführt, und eingehender nur die schicksale der consonanten verfolgt. Was er über vokalveränderungen zusammengestellt hat, ist wenig geordnet, denn es fehlt jede scheidung sowohl zwischen langem, kurzem und in der position stehendem vokal, als auch zwischen betonter und unbetonter silbe. Die wortsammlung ist auch hier reichlich, bietet aber gegen die übrigen dialekte auf dem gebiet der vokale wenig eigenthümliches, da sich die formen schon allzusehr dem italiänischen nähern. Viel trägt dazu auch sicher die rein italiänische lautbezeichnung bei. Die schwierigeren etymologien sind häufig sehr gewagt. Uebrigens verdient die abhandlung eine genauere durchforschung und benutzung, als gegenwärtig möglich und rathsam war. Der verfasser (laut einer mittheilung des prof. Mitterrutzner) ist mit einem grössern werke über die tyroler dialekte beschäftigt.

Was nun die weiteren quellen betrifft, aus denen ich meine beispiele zusammengetragen habe, so ist vor allen der wörterbücher zu gedenken. Es gibt deren überhaupt nur zwei. Das erste ist von dem schon genannten Mathli Conradi verfasst, welcher sein so verdienstvolles buch leider durch eine ausgesprochene vorliebe für lateinische und latinisirte formen sowie durch eine schwankende orthographie arg entwerthet hat [14].

---

[13] Studi sopra i dialetti volgari del Tirolo italiano. XIV Programma dell imp. regio ginnasio di Rovereto. Rovereto 1865.

[14] „Taschenwörterbuch der romanisch-deutschen und deutsch-romanischen sprache, Zürich 1823 u. 1828." Es kommt oft vor, dass man erst am dritten ort meist im deutschen theil die richtigromanische Form findet.

Ich habe desshalb meine urprünglich auf ihn basirte beispielsammlung so weit wie möglich in der form, wie sie Carisch's wörterbuch bietet, der folgenden abhandlung zu Grunde gelegt. Gleichwohl behauptet Conradis wörterbuch wegen mancher in ihm allein befindlichen echtromanischen ausdrücke, so wie wegen der übersichtlicheren anordnung des stoffes neben dem von Carisch seinen werth.

Die nicht gering anzuschlagenden vorzüge des Carisch'schen werkes [15]) bestehen in guter orthographie und zuverlässigen formen, so wie in der berücksichtigung der engadinerdialekte und (besonders im anhang, welcher die engadinerdialekte voranstellt) den zahlreich eingereihten ausdrücken der ältesten zeit, welche jetzt ausser gebrauch gekommen sind. Doch hat das buch durch die etymologische (häufig nicht einmal richtig durchgeführte) anordnung viel an seiner brauchbarkeit verloren. Worte ganz verschiedener Abstammung finden sich der gleichen bedeutung halber zusammengestellt und etymologisch zusammengehörige nicht unhäufig auseinandergerissen. Die hie und da beigefügten italiänischen worte sind keineswegs immer richtig etymologische analoga. Auch hätten die dialekte häufig schärfer gesondert werden sollen. Wer aber dem verfasser dieser mängel halber die dankbarkeit für die mit grossem fleiss zusammengestellte arbeit versagen

---

[15]) Taschenwörterbuch der rhätoromanischen sprache in Graubünden besonders der oberländer- unh engadinerdialecte nach dem oberländer zusammengestellt und etymologisch geordnet von O. Carisch, prof., Chur 1848." Zunächst mit zwei kleinen nachträgen, die später vereinigt und bereichert 1852 als anhang erschienen. Das werk ist leider im buchhandel vergriffen und nur durch die güte der herrn professoren Diez und Delius, welche mir ihre exemplare zur verfügung stellten, konnte ich es für meine arbeit benutzen. Uebrigens ist ein drittes wörterbuch als demnächst erscheinend angekündigt. Der verfasser Zachar. Palioppi beabsichtigt darin eine vergleichung mit dem spanischen, französischen und italienischen.

wollte, verstände wenig die mühsamkeit dialektischer studien zu schätzen.

Neben den wörterbüchern habe ich, besonders der controle halber, was mir von der literatur zur hand war, nachgelesen und meist ausgezogen. Besonders wichtig erschienen mir in dieser hinsicht die literaturproben, welche sich in der grammatik von Carisch und dem buch von Andeer aus den ältesten sprachdenkmalen ausgehoben finden, fernerhin die beiden von A. v. Flugi jüngst sorgsam edirten historischen gedichte in oberengadinischer mundart, auf die wir sogleich zu sprechen kommen werden. Ausserdem erwähne ich noch folgende bücher, welche ich benutzte:

1) Oberländisch: La S. Bibla dilg veder testament Coira 1818. Ilg nief testament Cuera 1820. Igl Collectur Christianeivel Heft I: Igl Nursér sin la Planira da Salisbury, wertieus or d'igl tudesc en la Rumonsch da la part sura tras Florian Walther Cuera 1836.

Catechissem da la Religiun Christiauna da Franz Valther Cuera 1836.

2) Unterengadinisch: Il nouf testament da nos segner Jesu Christo tradüt in Rumansch d'Engadina bassa Basel 1812.

Für das oberengadinische gegenwärtiger zeit, sowie für die von Carisch gram. p. 123 ff. beschriebene katholische orthographie fehlten mir leider ausgedehntere schriften. Ebenso war ich für die tyroler dialekte auf die oben angeführten grammatischen werke beschränkt.

Kurze sprach- und literar-historische einleitung.

Ehe wir zur eigentlichen darstellung der vokalveränderungen schreiten, möchte es angemessen erscheinen,
in aller kürze das nöthigste aus der geschichte der
dialekte und ihrer literatur aus den dahin einschlagen-
den werken zusammenzutragen.

Sämmtliche dialekte, welche A. Fuchs [1]) treffend
die mittelromanischen (d. h. west- und ostromanisch-
vermittelnde) nennt, werden gegenwärtig von den bündner
gelehrten mit dem zusammenfassenden namen „die
rhätoromanische sprache" bezeichnet und sobald man
darunter nicht eine aus rhätischen und romanischen be-
standtheilen zusammengesetzte sprache, sondern eine
romanische innerhalb der gränzen des ehemaligen Rhätien
gesprochene sprache versteht, lässt sich die bezeichnung
wohl annehmen. Unsere deutschen vorfahren bezeichneten
sie schon seit ältester zeit als Churewala Graff I. 839,
und noch jetzt heisst sie sowohl in der Schweiz wie in
Tyrol die kauder- oder krautwälsche. Prof. Diez hält
desswegen churwälsch für die passendste, weil begränztere
und anspruchlosere, bezeichnung. Freilich passt diese
bezeichnung weder auf das jetzige sprachgebiet, da Chur
selbst schon im 13. jahrhundert germanisirt wurde, noch
auch auf das alte, weit umfangreichere, welches ausser
dem canton Graubünden auch ganz Voralberg und Tyrol
umfasste, ein gebiet, das gegenwärtig von 550,000 men-
schen bewohnt wird, von denen freilich nur 50,000 ihrer
muttersprache treu geblieben sind: 40,000 in Graubün-

---

[1]) Die romanischen sprachen in ihrem verhältniss zum lateinischen.
Halle 1849.

den und 10,000 in Tyrol. Solche fortschritte hat in
dieser römischen provinz das deutsche seit der völker-
wanderung gemacht; denn vor dieser war in ganz
Rhätien nach unterdrückung der urbevölkerung (mag sie
nun etruskisch oder celtisch gewesen sein), die lateinische
volkssprache ebenso wie in den anderen römischen lan-
destheilen die herrschende. Es wird desshalb begreiflich
erscheinen, dass die rhätoromanische sprache rings um-
geben und vielfach durchbrochen, durch die deutsche an diese nicht nur so beträchtliches terrain verloren und noch immer verliert, sondern auch in ihrem
bau, besonders im lexikon in weit höherem grade deutschen einfluss aufweist als selbst das französische. Gleichwohl ist flexion und wortbildung fast ganz romanisch
und ist die sprache in ihrem bau bei weitem nicht so
verwildert als das walachische. Die meisten deutschen
fremdlinge hat bis in die neueste zeit das oberländische
aufgenommen, während das Engadin seiner geographischen
lage gemäss mehr italischen einfluss zeigt [2]). Durch die
politische und räumliche zerrissenheit, welche die sprache
erlitt, erklärt sich auch am besten die grosse dialektische
verschiedenheit, die in ihr herrscht. Durch die annahme
zweier verschiedener einwanderungen, die ausserdem
sehr grosse historische bedenken gegen sich hat, lässt
sie sich schwerlich erklären, denn alles deutet darauf
hin, dass sich die dialekte einst viel näher gestanden
haben als jetzt. Der mangel einer schriftsprache sowohl
in ältester wie neuester zeit (wo man freilich ernste an-
fänge damit zu machen scheint) konnte auf die ent-
faltung der dialekte nur günstig wirken. So lassen sich
denn in Graubünden 3 hauptdialekte, abgesehen von den
noch viel weitergehenden spaltungen der einzelthäler,
aufstellen und ziemlich genau scheiden. Es sind: 1) der

---

[2]) Prof. Rufinatscha gibt das verhältniss von lateinischen, deutschen und der ursprache angehörigen wörtern an wie 75 : 15 : 10.
Für die tyroler dialekte ist es nach Mitterrutzner wie 80 : 10 : 10.

oberländische im Rheinthal oberhalb Chur mit einschluss der seitenthäler. Doch drängen sich hier schon vielfach deutsche orte dazwischen: 2) der ober- und 3) der unterengadinische dialekt. Von den quellen des Inn bis zu seinem eintritt in Tyrol, (eine strecke von etwa 20 stunden mit kaum 10,000 einwohnern). Hierzu kommt noch das rauhe Münsterthal.

. Der oberländische dialekt wird gewöhnlich von der bevölkerung selbst schlechthin la Ramontsch und im gegensatz zu den engadinischen (da quist' aua) der disseitsbergische (da tschell' aua) genannt. Er selbst zerfällt wieder in die beiden nahestehenden dialekte: den supra- und subsylvanischen. Einen sprachlichen unterschied, (wenn nicht ein solcher in den beiden schon erwähnten schreibarten: der katholischen mehr phonetischen und der reformirten zu suchen ist), habe ich nirgends aufgefunden.

Die engadinischen Dialekte [3]) werden auch in ihrer heimath gemeinsam das Ladin genannt, stehen aber in ihrem bau bedeutend voneinander ab. Die vermittlung zwischen ihnen und dem Ramontsch bilden topographisch wie sprachlich die „Oberhalbsteiner."

Die gegenwärtig von den bündnerdialekten räumlich und sprachlich sehr abstehenden tyroler dialekte fasst Mitterrutzner unter dem gemeinsamen namen „rhätoladinische dialekte in Tyrol" zusammen und führt von 9 mehr oder weniger verschiedenen derselben kurze sprachproben an. Es sind:

1) der badiotisch-abteiische ;
2) der ennebergische. [4]) Beide stehen sich sehr nahe und

---

[3]) So genannt nach der landschaft Engadina (= vallis Eniatina in einer schenkungsurkunde des 10. Jhdts. cf. Andeer p. 14). Ich halte das wort für eine weiterbildung von Oeniata adjectiv zu Oenus, während Andeer auf die sonderbare etymologie: In capite Oeni verfällt. Andere halten das Wort für etruskisch oder keltisch.

[4]) Enneberg und Abtei lauten in ihrer sprache Maréo (lat. Marubium) und Badía (lat. Abbatía) (Mitterrutzner)

bilden (nach brieflicher Mittheilung von Prof. Mitterrutzner) die mitte des sprachgebietes, sie nennen
sich selbst „Ladiner" (ladigns) und wollen auch von
andern so genannt werden;

3) der sulzbergische (Solandro);
4) der bergamaskische;
5) der parmesanische, welcher mit der trübung des a
noch weiter zu gehen scheint, als das oberengadinische;
6) der grödnerische im südosten in einem abgelegenen
seitenthal der Eisak, zu dem bis 1856 nicht einmal
eine fahrstrasse führte, und dessen ganze bevölkerung 3,500 seelen zählt;
7) der ampezzanische im osten;
8) der buchensteinsche (Fodóm) und
9) der nonsbergische (Nones).

Werfen wir jetzt noch einen kurzen blick auf die
älteste literatur, so beginnt diese erst kurz vor der reformation. „Bis in den anfang des 16. jahrhunderts lebte
die sprache nur im volksmunde. Volksgesang, volks-
thümliche spruchdichtung etc. waren natürlich vorhanden.
So finden sich schon bei Champell einzelne spruchreime
über wind und wetter, volksunruhen, bruchstücke von
kriegsliedern aus dem sogenannten hennenkrieg 1475,"
die aber erst beinahe 100 jahre später aus dem volksmunde aufgezeichnet, viel von ihrer ursprünglichen gestalt verloren haben. Bei Andeer finden sich zwei kurze
proben davon. Der erste, welcher es wagte, die volks-
mundart literarisch zu verwenden, war Johann v. Travers,
geb. 1483, auch sonst um sein vaterland hoch verdient,
welcher 1523 den soeben von ihm durchlebten müsserkrieg in 704 unregelmässigen und unbeholfenen versen
beschrieb: das gedicht führt die überschrift „la chanzun
dalla guerra dalg Chiasté d'Müsch" und ist zuerst von
Alfons v. Flugi, dessen literarischer einleitung wir nächst
Andeer gegenwärtige skizze entnehmen, sorgsam edirt

und möglichst wortgetreu übersetzt. [5]) Ausser diesem gedicht hat Travers auch dramen geschrieben, die aber
verschollen sind, wie auch alle übrigen von denen, welche,
wie Durich Champell im unterengadin, seinem beispiele
folgten. Unter den überlieferten titeln finden sich neben
biblischen stoffen auch schon patriotische, wie Wilhelm
Tell und sogar aus der gegenwart gegriffene, so dass sich bei
günstigen verhältnissen eine eigenthümliche dramatische
literatur hätte entwickeln können. Doch in den theolo-
gischen und politischen wirren, die jetzt folgten, erstickte
die weltliche poesie im keime. Statt ihrer erstarkte aber
unter dem einflusse der reformation die prosa und geist-
liche dichtung. Die reformatoren liessen es sich wie in
deutschland auch hier angelegen sein, die muttersprache
zu pflegen; voran der unermüdliche Saluz, der 1536 die
10 gebote und einige capitel der genesis ins unterengadinische übertrug, auch die ersten geistlichen lieder dich-
tete. Sein rüstiger nachfolger war Durich Champell,
dessen psalmenübersetzung noch jetzt geschätzt wird. [6])
In oberengadinischer mundart übersetzte Jacham Bifrun
von Samaden zum ersten mal das neue testament und
liess es als das erste in seiner sprache 1560 auf seine
kosten drucken. [7]) Im oberlande, wo die reformation
auf härteren widerstand stiess, erwachte die literarische
beschäftigung erst im 17. jahrhundert. Das erste ge-
druckte buch ist der katechismus von Daniel Bonifazi
1601. Ein geistvoller liederdichter ist St. Gabriel, dessen
stadera da pasar, quala seig la vera cardienscha; anza-

---

[5]) Zwei historische gedichte in ladinischer sprache aus dem 16.
und 17. jhdt. herausgegeben von A. v. Flugi. Chur 1865. Die sprache
gehört der oberengadinischen mundart an, doch ist, wie der heraus-
geber bemerkt, die alte schreibart etwas verwischt, denn die handschrift datirt erst vom jahre 1639. Wir dürfen desshalb diesem gedicht in sprachlicher hinsicht nicht den ersten platz anweisen.

[6]) Psalterium, tin cudisch da psalms con tin intraguidamaint
nella religiun christiauna Basel 1562.

[7]) Lg nouf testamaint miss in aromantsch, Puschlav 1560.

qüonts Psalms da David a canzuns spiritualas, sowie sein katechismus lobend erwähnt werden. Die erste oberländische bibel erschien 1648. Ins unterengadinische übertrug Pitschen Saluz 1657 das 1. und 2. buch Mosis, wovon die interessante vorrede unter den proben bei Carisch steht. Für die weitere entwicklung der literatur sowie für die titel anderer altromanischer bücher verweise ich auf Andeers kurzen übersichtlichen abriss, sowie auf sein an 200 nummern enthaltendes bücherverzeichniss. Ich erwähne hier nur noch das zweite der historischen gedichte, welche A. v. Flugi herausgegeben und übersetzt hat, das gedicht vom veltlinerkrieg von Gioerin Wietzel, der wahrscheinlich anfang des 17. jahrhunderts geboren ist. Sein geburtsort wie der von Travers ist Zutz. Von Travers angeregt, verfasste er nach 1635 sein 1106 etwas sorgfältigere verse (vierfüssige gereimte jamben) umfassendes gedicht [9]). Hinter den zwei historischen gedichten findet sich noch das bruchstück eines dritten mehr volksmässig und strophisch abgefassten gedichtes ebenfalls über den veltlinerkrieg, kurz nach welchem es in unterengadinischer mundart abgefasst ist.

Wenn schon für die bündnerdialekte die literarischen denkmale spärlich fliessen, so ist dies um so mehr in den tyroler dialekten der fall. Mitterrutzner erwähnt in seiner Schrift eines einzigen buches, welches im grödner dialekt geschrieben sei; es ist eine übersetzung des italienischen buches: le stazioni o la via della s. Croce etc. unter dem titel „La stacions o la via della s. crousch, che cunteng de bella cunschiderazions e urazions. Metudes dal Talian tel Parlé de Gördeina. Bulsan, stampá

---

[9]) Die handschrift enthält folgende bemerkung: „Copia vom original, von herrn landammann Gioerin Wietzel verfertigt und von herrn prof. Planta mit grosser mühe abgeschrieben, da das original mit fast unleslicher tinte geschrieben war." Die sprache ist oberengadinisch und steht orthographisch der des müsserkrieges ziemlich nach, doch ist sie reiner von deutschen ausdrücken.

pra Carl Weiss (ohne jahrzahl). In der grammatik des Grödner dialektes p. 200 heisst es: „Dem Grödner mangelt es nicht an witz und phantasie; aber da seine muttersprache unkultivirt blieb, so konnte er sich in der poesie nicht üben, und noch weniger wegen mangels an einer leseart etwas niederschreiben. Der einzige herr Mattheo Ploner, gewesener pfarrorganist in Kastelruth und Brixen, welcher für den sammler für geschichte und statistik von Tyrol einige wörter und anekdoten in seiner muttersprache niederschrieb, versuchte zwei lieder: la rödla mutta und 'l vödl mut. Das erste geben wir hier mit einer kleinen modification nach der angenommenen schreibart wieder."

Ziemlich zahlreiche proben grödnerischer prosa finden sich ebendaselbst p. 191—200. Der kleineren proben, welche Mitterrutzner aus den verschiedenen tyroler dialekten gibt, gedachten wir schon oben; hier noch die nachricht, dass sich auch 6 kleinere gedichte im abteier dialekt darunter befinden.

Gestaltung der lateinischen vocale in betonter romanischer silbe.

Vorbemerkungen über die hier befolgte anordnung des stoffes erscheinen unnöthig, da alles in der romanischen grammatik gesagte auch für gegenwärtige darstellung gilt. Nur in der alphabetischen anordnung der beispiele habe ich mir die kleine änderung erlaubt, dass ich, um die kleineren dialektischen abweichungen genauer verfolgen und gleichzeitig die hauptsächlichsten consonantenveränderungen anschaulich machen zu können, sie soviel als thunlich nach dem folgenden consonanten zusammenstellte.

Folgender abkürzungen habe ich mich bedient. 1 = oberländisch; 2 = unter- und 3 = oberengad.; gr. = grödnerisch; b. = bündnerisch = 1 + 2 + 3; e. = engadinisch = 2 + 3; Car. Conr. = wörterbuch von Carisch, Conradi; it. sp. pg. pr. fr. wal = italiänisch, spanisch, portugiesisch, provenzalisch, französisch, walachisch; e. w. = etymologisches wörterbuch der romanischen sprachen von Friedr. Diez, 2. aufl., Bonn 1861—62.

A.

Langes lateinisches a erfuhr, wie in allen romanischen sprachen, so auch hier die gleiche behandlung wie kurzes.

I. Lateinisches a vor allen consonanten mit ausnahme der nasalen m und n und l, wenn ihm ein sibilant, dental oder guttural folgt. a) Es bleibt rein in allen dialekten vor mehrfacher consonanz. (Ausnahmen kennt nur das grödnerische und oberengadinische.)

1) Vor lateinischer mehrfacher consonanz. α) L i q u i d a e und s : ball b. gr. (ahd balla fr. bal), cavaigl 1. chavaigl e. tgiàvall pl.—vëi gr. (caballus fr. cheval), giall 2. giall pl. giëi gr. (gallus), vall e. (vallis), alf b. (albus fr. l'aube e. w. I. 42), salv b. (salvus fr. sauve pr. saus), talpa (talpa it. sp. topo. fr. taupe), palma (palma fr. paume), scalpel (Conr.) scalper (Car.) 1. schialper, schiarpel 2. schiarpel 3. (scalprum sp. escoplo pg. escopro afr. escalpre e. w. II. b. 125), so auch : palpar 1. 2. palpär 3. (palpare sp. popar fr. palper), palpeders, palpebers (Conr. fehlt bei Car.) (palpebras fr. paupiere sp. parpado e. w. II b 159), almosna (eleemosyna pr. almosna fr. aumône), albierg (heriberga ahd. fr. auberge), carr 1. charr e. (carrus fr. char), art b. (artem fr. art), part (partem fr. part), quart (quartus), tard (tardus), Mars (Martèm), — ard: bastard, avriard (von ebrius), carn 1. charn e. (caro, carnis fr. chair), barba (fr. barbe), larg, lartg b. (largus fr. large), bass 1. 2. (bassus fr. bas), grass b. (crassus fr. gras), asta b. (hasta fr. astelle), pass b. (passus fr. pas). pascas, paschias 1. pasqua e. (pascha fr. pâques), lasch, relasch (fr. lache, vom lat. lascus für laxus). β) M u t a e : batter gr. b. (battuo fr. battre), quatter b. gr. (quatuor fr. quatre), lader f. ladra 1. 2. (latro pr. laire fr. larron), cumpar (patrem fr. père), frar (fratrem fr. frère), caura 1. chavra 2. (capra fr. chèvre), catscha 1. chatscha e. tgiatscha gr. ¹) (captia in einer urkunde von 1162. fr. chasse), sacc 1. sach e. gr (saccus fr. sac), vacca 1. vacha e. gr. (vacca fr. vache) larma b. (lacrima fr. larme), faig 1. fatt e. gr. (factum sp. hecho pr. fait, fag, fach, ital. mundartl fagio) laig 1. latt e. gr. (lactem fr. lait, it. latte, mailänd. lacc (palat.) sp.

---

¹) Schneller in seinem progr. leidet es noch p. 18 von „celt. hissa? ahd hissan, ahd hetzen, dialekt. die hatz" her. cf. e. w. I. p. 97 f.

lecho, kymrisch laith) paig, patg 1. pach e. [2] (pactum
it patto sp. pecho), ampaig 1. impach e. (impactum von
impingere it. impaccio, pr. empach, empaig fr. empêcher
cf. e. w. I. 300), adaig 1. = sorgfalt, adachier 3. im müskr.
171. 326 = gefallen, vb. adatêr müskr. 546 = bewerk-
stelligen (von adactare aus adigere [3]). Bei Car. findet
sich nur die oberländische form.) traig 1. tratt (tractus
sp. trecho, fr. trait, kymr. traeth) pertraich 1. (pertracto)
inf. per trachiar = denken Conr. (fehlt bei Car.), braig (Conr.)
bragia (Car.) 1. inf. bargir 1. bragir 2. sbragir 3. (fr.
braire [4] sbst. brait pr. braidar).

2) In romanischer position, wozu auch
alle fälle mit palatalem i zu zählen sind:

blasmar b. (fr. blâmer), carga 1. charga e. (carica
fr. charge), macla b. matgia gr. (macula), spadla 1. 2.
(spatula fr. épaule), tavla 1. tabla 2. (tabula), favlar 1.
2. favlär 3. (fabulare), avdar 1. 2. (habitare), battaigl

---

[2] „I dient, wie im italiänischen nach gl u. gn, und im französischen vor l (soleil, travail) in der rhätoromanischen sprache als
blosses quetschzeichen vor gl, gn, ch und g. In alten büchern wird
das l durchgängig als quetschzeichen dem ch beigefügt, heut zu tage
lassen es die Engadiner in der regel nach gl, gn und ch weg. Auf
ganz analoge weise steht aber i auch als zeichen der quetschung des
g vor und nach demselben z. b. spigia, stagia, faig, laig, maig, duig,
truig, wofür andere tg gebrauchen." Car. gr. p. 107.

[3] It. adagio, agio, asio fr. aise gemächlichkeit, aggio piemont.
agio (cf. oben fagio = factum) aufgeld mögen vielleicht hierher gehören. Diez e. w. 10 verlangt allerdings ein etymon ais oder asi
dafür.

[4] Fr. braire etc. soll nach e. w. II. c. p. 288 durch vorsatz
eines malerischen b. aus raire = schreien (vom h.irsch) entstanden
sein, raire selbst nach II. c. 393 aus ragire, einem naturausdruck
(nach mugire, rugire, vagire gebildet). Rufin. führt dagegen ein ahd.
brahtan (= garrire, fremere, strepere Graff. ahd. sprsch. III. 269.
goth. brakja streit gehört wohl auch hierher) als etymon an, aus welchem dann mit abfall des anlautes raire entstanden wäre.

klöpfel (battuale it. bataglio), battaglia (battualia fr. bataille), paglia (palea pr. palha fr. paille), gaigl giaigl 1. jaigl 2. = bunt (it. gajo fr. gai?)[5]) saigl = sprung 1. 2. (v. salire fr. saillir), grazia b. (fr. grace), plaza 1. plazza e. gr. (platea fr. place), spazzi b. (spatium fr. éspace), mazza 1. 2. maz 3. (matea), cazza 1. chaz e. tgiazza gr. (ahd. kati it. cazza', rabia 1. gr. rabgia e. (rabies fr. rage), sabi 1. fehlt e. sabbia = kokette gr. (sapius fr. sage), bratsch b. gr. (brachium fr. bras), glatsch b. (glacies fr. glace), latsch b. (laqueus fr. lace), bisacca 1. bisacha e. (*bisaccium it. bisacca fr. besace).

b) Auch vor einfacher consonanz bleibt a rein, doch nur im oberländischen und unterengadinischen.

1) Liquidae und s: gual, angual 1. adv. (aequalis fr. égal', mal 1. 2. (fr. mal), pala 1. 2. (pala fr pelle), qual 1. 2. (qualis), sal 1. 2 (sal fr. sel), scala 1. schiala 2. (scala fr. echelle), tal 1. 2. (talis), canal 1. chanal 2. (fr. canal), bestial, legal, mortal (fr. mortel), salisch 1. salsch 2. (salicem), cálisch 1. calasch 2. (calicem fr. calice), car. 1. char 2. (carus fr. cher), clar 1. 2. (clarus fr. claire), mar 1. 2. (mar fr. mer), rar 1. 2. (rarus fr. rare), popular 1. poplar 2. (popularis fr. populaire), re- gular 1. 2. (regularis fr. regulaire), scular 1. scolar 2. (scholaris cf fr. écolier), avar 2. (fr. avare), cuntrari, contrari 1. 2. (contrarius fr. contraire), glimari (alimare für animal), die infinitive auf are: cantar 1. chantar 2. (fr. chanter), asen 1. 2. (asinus fr. âne), casa 1. chasa 2. (fr. chez), nas 1. 2. (nasis fr. nez), rascha (rasis cf. it. ragia e. w. II. a. fr. rache II. c.), tras 1. 2. (trans fr. très).

---

[5]) Im e. w. I. p. 197 werden diese worte von ahd. gàhi herge- leitet und von gagliardo, gaillard getrennt, welches gagliard 1. giag- liard e. lautet. Beide worte möchten demnach etymologisch doch ver- einbar sein? Man vergleiche dazu gr. ghèrd fassanerisch. gaiàrt = stark.

2) **Mutae**: biadi 1. abiadi 2. (aviaticus), viadi 1. 2.
(viaticum fr. voyage), salvadi (silvaticus fr. sauvage), lad
1, 2. (latus adj.) spada ($\sigma\pi\alpha\vartheta\eta$ it. spada fr. épée), gada
1. giada 2. (von vice. pr. vegada), strada 1. 2. (strata
afr. estrée) und so das fem. sämmtlicher particip. auf
-atus: cantada 1. chantada 2. (das masc. lautet au 1. à
2.: cantau 1. chantà 2.) die substantiva auf -as-atis:
stad 1. 2. (aestatem fr. été), vardad 1. 2. (veritatem fr.
verité), clav. 1. 2. (clavis fr. clef), fav 1. 2. m. (faba fr.
féve), nav. 1. 2. (navis fr. nev), rava 1. 2. (rapa fr.
rave), trav 1. 2. (trabes fr. vrlt. tref), asch 1. 2. (acer
fr. aigre), lag 1. (lacus fr. lac), mager 1. majer 2. (macer
fr. maigre dtsch. mager), plaga 1. plaja plaia 2. (fr.
plaie), Maig 1 Mai 2. (Majus fr. Mai), bragia 1. braja 2.
(braca fr. braies), ava 1. aua 2 (aqua fr. eau).

c) Im oberengadinischen und grödnerischen schwächt
sich a zu ä u. è.

1) **Durchgängig vor einfaher consonanz**[6]):
èla gr. (fr. aile), mäl 3. mèl gr. (fr. mal), päla 3. (fr. pelle),
quäl 3. (qualis), säl 3. sèl gr. (fr. sel), schäla 3. schèlla
gr. (fr. échelle), täl 3. tèl gr. (fr. tel), chanäl 3. mortäl
3. chèlesch gr. (fr. calice), chär 3. tgèr gr. (fr. cher),
clär 3. (fr. claire), mär 3. mèr gr. (fr. mer), rär 3.r èr gr.
(fr. rare), poplär, regulär alimäri 3. chantär 3. tgiantè
gr. (fr. chanter), äsan 3. (fr. âne), chäsa 3. tgèsa gr.
(fr. ches), näs 3. nès gr. (fr. nez), räscha 3. rèscha gr.
(fr. rache), träs 3. très gr. (fr. très), abiädi 3. viädi 3. sul-
vädi 3. läd 3. späda 3. spéda gr. (fr. épée), gäda 3. jédè

---

[6]) Auch im münsterthale trat diese schwächung ein Carisch führt
passer, porter an (gr. p. 105.) Ebenso lautet nach ikm (p. 109 seiner
gram.) in einigen oberläudisch. dialekt. der inf. är, wenn unmittelbar
vorher ein i steht: spichiär, sligiär, patarchiär. Von den tyroler dialekten scheinen der badiotisch-abteiische, der enneberger, buchensteiner
und in noch ausgedehnterem masse der parmesanische die trübung des
grödner dialektes zu theilen, die andern aber a rein zu erhalten.

gr. (gada 1. 2.), sträda 3. strèda gr., chantäda 3. tgian-
tèda gr., (masc. chantô 3. tgiantà gr.) städ 3. vardäd 3.
grödnerisch bleibt mit abfall des „d“ „a“ rein: 'gnstè,
ëurità (pl. aber gnstèes, ëuritèes), èva gr. (apis), cläv 3.
tlè gr. (clef), fèver gr. (fr. orfèvre), fäv 3. (fr. fève), näv
3. (fr. nef), räva 3. rèf gr. (fr. rave', träv (fr. vrlt. tref),
tgè gr. (fr. chef), äsch 3. (fr. aigre), leich 3. lech gr.
(fr. lac), brea gr. (fr. braies), pläja, pleia 3. plèa gr.
(fr. plaie), mäjer 3 (fr. maigre), Mäg 3. Mèi gr. (Majus),
èja (aqua). '

2) Vor mehrfacher consonanz. α) Im grödner dialekt[7]) vor r mit folgenden consonanten: ert (fr.
art', cherta (fr. charte), pert (fr. part), chert sbst. = nhd
quart (fr. quart), Mers (fr. Mars), terd (fr. tard), tgern (fr.
chair), berba (fr. barbe), lerg (fr. larg), sètl (sarculum),
tgeria (carica), ebenso: pelma (palma).

β) Im grödnerischen und oberengadinischen öfter vor r und l mit voraufgehendem
consonanten: asper f. espra cf. Müskr. 151, 617. läder
3. lère gr. (latro afr. lere), père gr. (fr. père), compär,
comär 3. cumpère, cumère gr. frär 3. frà pl. frédes gr.
(fr. frère), chävra 3. chëura gr. (fr chèvre), segra gr.
(sacra), spädla 3. schabla gr. (spatula), tävla 3. (fr.
table), bäla 3. bëila gr. (bajula), sägl 3. (v. salire).

d) Nicht hierher zu zählen sind: aissa 1. ässa
3. assa 2. (axis sp. exe it. assetto), baila 1. 2. (bajula it.
pr. baila), fraissen 1. (fraxinus), plaid 1. 2. pläd 3. (pla-
citum), är 1. eir e. (ager), und andere in denen auflösung des gutturals statt hatte. Die endung -arius lautet
mit versetzung des palatalen i in allen dialecten -er.
Wirkliche ausweichungen, welche aber auch das italiänische aufweist, sind: meil 1. mëil gr. mail e. (malum
it. melo). Die endung abilis: migieivel 1. amiaivel e.

---

[7]) Beispiele aus dem abteier-dialekt sind: pärt, märz, bärbèsch.

(amicabilis it. -chevole), und grev 1. greiv e. (gravis it greve pr. greu).

II. Wenn dem „a“ die consonanten l, m, n folgen, so erhält es einen dumpferen ton.

a) vor l, wenn ihm ein dental, guttural oder sibilant folgt, wird es oberländisch zu au. Im unterengadinischen und grödnerischen hat der gleiche vorgang statt, nur dass zugleich wie im französischen verstummung des l. eintritt. Eine noch weitere veränderung nämlich die zusammenziehung des secundären au zu o mit gleichfalls verstummten l, wie sie besonders der Spanier kennt, weist der oberengadinerdialekt auf.

1) Oberländisch: auter mit verstummten l (alter pr. fr. autre), ault, ôlt Car. ât, aut, Ruf (altus fr. haute pr. aut), aulz Conr. aulscha Car. (altio) von alzar aulschar (fr hausser), bauld (goth. balths ahd. bald it. baldo pr. baut afr. altcat. baud), cauld (calidus fr. chaud), faulda (ahd. falt it. sp. falda pr. fauda afr. faude), guault, uault, uaul (ahd. wald)[8], sault (salto vrb. saltus sbst. pr. sautar fr. sauter), aulscher (algere), caulscha (calzea fr. chausse), faulscha (falcem fr. faux), fauls (falsus fr. faux).

2) Unterengadinisch und grödnerisch: auter 2. gr., aut 2. gr., auzar 2, baud 2., chaud 2. tgiaud gr., chautscha 2. tgiauza gr., faudsch 2. fausch gr., fauda 2. falda gr., faus 2. fauz gr., saut 2. guaut, vaut 2.

3) Oberengadinisch: ôter (sp. otro port. outro), ot (fr. haute), ôzär (alzar 1. fr. hausser), bôd (pr. baut), chôd (fr. chaud), foda (pr. fauda), gôd (ahd. wald), sôt

---

[8]) Gehört etwa hierher auch gaulta f. = „backen“ (öfters in der bibel) „gewalt“? So auch bei Champel dguaut = gewalt (cf. Car. gr. p. 198) abteiisch = 'l gualt (cf. Mitterrutzn. p. 15) (it gota pr. gauta fr. joue moden. golta cat. galta sp. galtera nach c. w. I. 221 von lat. gabata = essgeschirr.) ahd. gawalt bedeutet nach Graff ahd. sprsch. I. p. 809 manus, cornu. Könnte der Romane es nicht auch als bezeichnung des kinnbackens verwandt haben?

(sp. soto), chôtscha (cf. sp. coz = calcem), fodsch (sp. hoz) fôs (fr. faux).

b) vor m mit oder ohne folgenden consonanten wird a im oberländischen zu o, theilweise geschieht das auch im unterengadinischen, während es sich oberengadinisch und grödnerisch (vielleicht mit dumpfer aussprache) durchweg rein erhält.

1) O b e r l ä n d i s c h: clomma (clamo it. chiamo, fr. clain vrlt.), fom (fames fr. faim port. fome), om (hamus fr. ain, grom, gromma (mhd. râm st. f. nhd. rahm mit abfall eines ursprünglichen h, welches sich romanisch zu g erweicht erhalten hat, it. crema, fr. crême gehen auf mlat. crema für cremor zurück, e. w. I. 145), romm (ramus fr. rain vrlt.), flomma (flamma), omisdus, amisdus (ambeduo), commi (von cambiare fr. change sbst.). combra (camera fr. chambre), comp (campus fr. champ), comba (gamba fr. jambe), gomngia *) = spott, hohn (cal' mnia? fr. calomnie), lomma = reif am rade (lamina, lam'na it. lama fr. lame), loms Ruf. lomm Conr. = weich, lumiar, lommgiar = erweichen, fehlt bei Car. (lama it. sp. pg. dauph. lamma = sumpf cf. e. w. I. p. 243. Ruf. bringt es mit lahm, schwäbisch lumm = matt zusammen). Die endung — amen lautet — om : stromm irom (acramen fr. airain), ligiom (fr. lien), lennom, legniom (lignum), raginom (regnum), ferner: donn (damnum fr. dam, dommage, angonn (it. inganno vom ahd. gaman cf. e. w. I. p. 238), schons (Schams Car. gr. p. 138), onda (amita fr. tante engl. aunt), sonda (sabbati dies pr. disapte wal. sembete fr. samedi cf. e. w. II. c. 407).

2) O b e r e n g a d i n i s c h u n d g r ö d n e r i s c h: bram

---

*) Rufinatscha leitet das wort von gamba her und vermittelt es durch fr. gambader tolle streiche machen. Das hält Steub (wohl richtig) für zu gesucht, (Rhäth. Ethn. p. 240) führt aber statt dessen ignominia als etymon an, das, wie die engadinische form beweist, ebenfalls zu verwerfen ist. Der ausfall des l vor nasalen kommt öfter vor, so: boign (balneum), oign (alnus).

3. (it. bramo vom ahd. breman cf. e. w. I. 81), clam 3.
fam 3. gr., gramma 3., brama gr., ram 3. gr., amp 3.
(hamus), flamma 3. gr., ambas vltkr. 790. (ambo) amen-
duos 3., chambi 3., chambra 3., chamma 3. (gamba), giamgia
3., lama 3., champ 3. tgiamp gr., stram 3. gr., aram 3., liam
3. gr., linam 3., reginam e., dann c. (damnum), amda 3.
anda gr. (amîta), samda 3. sada gr. (samedi).

3) Unterengadinisch wechselt a und o. Bei D. Champell herrscht a: dann (damnum) Car. gr. p. 200,
schclamma (disclamat) p. 199, ammas duas p. 19ᵛ, raginam
= herrschaft, reich psal. 42, lammas adj. ps. 25. Bei
Pitschen Saluz 1657 und Otto Aporta 1742 findet
sich o: bromma sbst. Car. gr. p. 188, omman (amant)
p. 188, donn (damnum) Andeer p. 84. Später findet
sich a: clamas, dann, flamma, linam, chiüram, (coriamen,
von corium). Bei Car. sind fälle mit o: chomma
(gamba), giomgia, lainom, liom, arom, gromer (gromm 1.)
= rahmlöffel, romus (ramosus). Wir bemerken hier ein
schwanken zwischen oberländischem und oberengadini-
schem einfluss seit ältester zeit.

c) Vor n (einfachem oder mit ursprünglichem folgenden guttural) verwandelt sich a im oberländischen und
altunterengadinischen zu au, welcher schreibweise seit
ältester zeit auch das oberengadinische folgt, während
die heutige aussprache ä ist [10]). Das unterengadinische,
seiner vorliebe für den reinen a laut gemäss, hat diesen
gegenwärtig wieder an die stelle des alten au treten
lassen und auch das grödnerische, welches vor einfacher
consonanz, wie wir sahen, die schwächung e eintreten
lässt, bewahrt hier, wie schon bei dem m das a rein.

1) Oberländisch: (Hier findet sich gleichberech-
tigt die schreibweise ou und nach katholischer schreibart eu.) chiaun, chioun, tgeun (canis it. cane, wal. cuine,
fr. chien), damaun -oun (demane it. domani wal. muine

---

[10]) Auslautendes n lautet dabei wie m.

demuine, fr. demain), puschmaun (postero mane), graun
-aun -eun (granum fr. grain), launa -ouna (lana wal. lune
fr. laine), maun -oun -eun (manus wal. mune fr. main),
paun -oun -eun (panis wal. puine fr. pain), plaun -oun
(planus fr. plaine) dazu splauna = hobel, rauna -ouna
(rana fr. raine vrlt.), saun -oun (sanus fr. sain), malsaun
= krank, tauna (fr. tanière?), [11] vaun -oun (vanus fr.
vain). Die endung -anus, ana lautet -aun -oun -eun,
auna -ouna -euna: cristiaun -oun cristgeun (christianus
fr. chrétien) (durch eine häufige umstellung des r: car-
stiaun = mensch), humaun (humain), pagaun, pagheun
(paganus fr. payen), rumaun, rumeun (romanus wal.
ramun fr. romain), fantauna -ouna (fontana wal. funtune
fr. fontaine), pitauna (it. putana fr. putain cf. e. w. I.
p. 335). Fälle mit folgendem guttural: aunc, ounc (it.
anche cf. e. w. I. 21), aungel (angelus fr. ange), baun
-oun (ahd. banch fr. banc), saung, -oung (sanguis wal.
sunge fr. sang), staungel, -oungel (it. stanco wal. stung
e. w. I. 396). straungla (strangula fr. étrangler), visch-
naunca (von vicus) = dorf. Hierher gehören noch viele
deutsche, aber meist gemeinromanische worte, wie:
staunga, spraunca, zaunga, spaunga, craun (rank).

2) Oberengadininisch (Der kürze halber führe
ich nur die formen an, welche auch Carisch gesondert,
von den oberländischen gibt): chaun, christiaun, crastiaun,
umaun, pajaun, funtauna, vischnauncha, auncha, bancha,
bauncha. Die gleiche schreibweise findet sich, wie schon
oben angedeutet, sowohl bei Biveruni, als auch im
müsser- und veltlinerkrieg consequent durchgeführt, nur

---

[11] Tauna = höhle liesse sich vielleicht aus antrana von antrum
herleiten. Abfall einer silbe im anlaut ist in unsern dialekten sehr
gewöhnlich und auch den verwandten sprachen geläufig, cf. rom. gram.
I. p. 162. und auch der ausfall des r nach einer tenuis ist gemein-
romanisch. rom. gram. I. p. 209. Ob das fr. tanière, afr. taisniere, tes-
niere nach Diez e. w. II. c. p. 419. zsgz. aus taissonnière = dachshöhle,
hierherzuziehen, ist also zweifelhaft.

chapitanis begegnet neben chapitaunis müsserkr. 11, 14,
72, 78 und castellan neben castelaun 39, 59, 94, 426,
welches aber schon durch seinen anlaut c statt ch als
fremdwort gekennzeichnet ist.

3) Altunterengadinisch bei Durich Champell
1562 und J. Pitschen Saluz 1657: paun, christiaun bei
Andeer p. 73. plauns ps. 42. baunk, duonnauns (pl. von
duonna noch jetzt oberländisch) bei Car. gr. p. 200.
maun, fuutauna, niaunchia Car. gr. p. 186 f. Noch J.
Andeer schreibt 1681: crastiaun.

4) Neuunterengadinisch gilt a (so weit ich
nachzuweisen vermag, zuerst bei Otto Aporta 1742):
chan, chaun, doman, puschman, gran, lana, man, pan,
rana, san, tana, van, cristian, crastian, human, pajan,
funtauna e., pitana, auncha e., anguel, banc, spanga,
zangua.

5) Grödnerisch: tgiagn (canis), magn (manus),
pagn (panis), san (sanus), schurman (germanus), funtana,
lana, plana (hobel), angiul, banc, stangia.

d) Vor n mit folgendem n, dentalen, erweichten dental oder guttural, so wie palatalem i oder e
nimmt a oberländisch die gestalt o an, während die
engadiner dialekte eine noch weitere spaltung eintreten
lassen. Vor den tenues der erwähnten laute tritt oberengadinisch seit ältester zeit ein au (gegenwärtig mit der
geltung ä) auf, welches sich auch im ältesten unterengadin einstellte, während es jetzt von dem reinen a laut
wieder verdrängt ist, a erfuhr also hier die gleiche behandlung wie vor einfachem n. Vor doppeltem n dagegen, sowie vor n mit folgender media, (wozu auch die
fälle mit palatalem i oder e gehören) meidet der Ober-
engadiner schon in ältester zeit die trübung des a, und
das unterengadinische zeigt ein schwanken zwischen a
und o. Der grödnerdialekt kennt nur den reinen vocal.
Es ist dieses die nämliche darstellung des a, wie wir sie
eben vor m betrachtet haben.

1) Oberländisch: ont, avont, davont (ante fr. avant, devant', conta [12]) (canto fr. chanter wal. cuntà), plonta (fr. plante), quont, tont (quantus, tantus wal. cut für cunt fr. quant, tant), uont fehlt bei Car. (mlat. wantus it. quanto cf. e. w. I. p. 230) quaronta (quatra(gi)nta fr. quarante) und sofort die weiteren zehner, uffon, uffont (infantem fr. enfant) und alle participia auf ans: ludont; ons (antea), onza = schlinge (it. ancino fr. hameçon von hamus) [13]). Ferner sämmtliche substantiva auf antia = onza: stonza (it. stanza fr. étance), spronza (éperance), abundonza (abondance), lonsha (fr. lance), balonscha (bilancea fr. balance', ronsch (rancidus wal. runce fr. rance dtsch. ranzig), Fronscha (France), ramontsch (Ruf.), run.onsch (Valther cat.), romansch (Conr.), ru- ro- ra-monsch (Car.) (romanicus), onn (fr. an), Gion (fr. Jean), conif (fr. chahvre lat. cannabis), camonna (it. capanna fr. cabane e. w. I. p. 110), monna = garbe (it. manna nach Ruf. schon lat. interpr. vet. Juven. 8, 152), ponn (fr. pan), vonn (vannus fr. van), gloign (glandem fr. gland), glonda (fr. glande), grond (fr. grand), cummond, dumonda (fr. command, demande), schlonda (scandula fr. échandole wal. scundure e. w. II. c. 271), sponder part. spons (expandere fr. épandre). Ferner alle gerundia auf andus = ohd: ludond, cantond, arond (cf. wal. arund), buvonda (it. bevanda), lavonda = wäsche (it. lavanda), vivonda = speise (it. vivanda fr. viande), tonscher (tangere fr. atteindre), ploign (fr. plainte), soinch (sanctus fr. saint), oign, oigna (alneus von alnus it. alno fr. aune), boign (balneum it. bagno fr. bain) [14]), cognia (canea

---

[12]) Conradi warnt in seiner gram. p. 47. vor cont statt cant (canto)·während Car. gr. p. 150 conta angiebt. Es ist dieses, wie die endung -ant statt ont im part. pr. (cf. d. einleitung) ein neuer beleg der latinisirungssucht des erstgenannten grammatikers.

[13]) Rufinatscha, welcher die form aunz anführt, leitet es unrichtig von uncus her, cf. e. w. I. 22).

[14]) Schneller p. 41 stellt der gewöhnlichen etymologie eine andere deutsche gegenüber: dtsch. zwagen, indem er einen wechsel von deut-

fr. chienne`, campogna (campanea fr. campagne`, du moigna (domaneo für domineo), inf. dumigniar, mongia (manica fr. manche), mantognia (fr. montagne).

2) Oberengadinisch. *α*) Vor n mit folgender tenuis: avaunt, plaunta, taunt, quaunt, quaraunta, ludaunt, vivaunt, infaunt, plaunt (planctus) schon bei Biveruni und im müsserkr. 57., chiaunta (cantat) bei Biver., aunz (antea) [15]), aunza (it. ancino), staunza, spraunza, abund-aunza bei Biveruni, launtscha müsserkr. 560. balauntscha, rauntsch, rumauntsch, Frauntscha veltlinerkr. 418. Ein-faches a zeigt sich öfters im müsserkrieg, so: passant 245. fant (infantem) 646. cincuanta 81. und tschinquaunta 585. ordinanza 223. (gegen ordinaunza veltlinerkrieg 564.) danza 166. Dagegen spraunza 165. pussaunza 25. *β*) Vor n mit n oder media: ann, chanf, chamanna, manna, pann, vann, spander, spans· e., dumfanda e., cum-mand, grand, bavranda, vivanda, tmand (timendus), vendand vendendus), aign, bagn e., chagna, champagna, mangia e., muntagna. Beispiele eines a bei Biveruni: grand, cumanda (il commande), sant, sainch f. sanchia (sanctus), tiran. Im müsserkrieg: ann 55., Johan 43., grand 41., vivanda 188, im veltlinerkrieg: saink 35, baigns (balnea) 368., bagner (fr. baigner) 628. Die gutturale erweichte media ist nach Carisch oberengadinisch in die analogie der tenuis übergetreten Daher tenscher (fr. atteindre`), plaundscher (plangere), sench (sanctus).

3) Unterengadinisch. *α*) Vor n mit folgender tenuis bleibt a gegenwärtig rein, in der alten sprache erweiterte es sich zu au: avant, davant, planta, quant, tant, quaranta, uffant, infant, ludant, amant, anza (fr. hameçon). stanza, abundanza, balantscha, rumansch. Bei

---

schem zw (dv, tv) zu it. b und p annimmt. Doch sind alle beige-brachten beispiele eines solchen wechsels zum mindesten sehr unsicher.

[15]) Da man neben aunz im veltlinerkrieg auch ainz antrifft v. 58, 229 und hier i nicht füglich als zeichen der erweichung gelten kann, so ist das ein beweis der frühen aussprache des au = ä.

Dur. Champell: avaunt, taunt ps 1. u. 42. chiauns
(cantas), uffauntets, Car. gr. p. 199. u. 200. sprauntza,
fidauntza ps. 42. gravaunz' = beschwerde Car. gr. p.
198., bei P. Saluz; aunt (ante), sisaunt (soixante), uffauns,
abundaunza, fradlgaunza = geschwister Car. gr. 186. fg.
In allen späteren denkmalen findet sich nur a. β) Vor doppeltem n und n mit folgender media zeigt sich ein
schwanken zwischen a und o mit bevorzugung
des letzteren in gegenwärtiger sprache: onn, chonf,
chamonna, monna, ponn, vonn, glanda (fr. gland), grand,
cummand, dumanda, spander, spans, tmond, vendond, bav-
ronda, plondscher [16] (wal. plunge), plont, sonch, oign, bagn,
chognia, champognia, magnia, muntognia; bei D. Champ.:
grand, siand, dumonda ps. 23. u. 42. saingke ps. 23. mun-
taingas ps. 42. maingk (manduco) ps. 42., so auch maingia
manducet) J. Andeer 1681. cf. And. p. 130.; bei P.
Saluz herrscht o: grond, siond, chiatond (captandus).
on, pl. ons. Bei spätern schwankt a und o wie noch jetzt.

4) Grödnerisch: dant, dagn = vor (fr. devant,
tgiante (canto), fant = knecht (infantem), guant =
kleid (mlat. wantus), planta, caranta, laudagn (laudantem),
ann, tgianva (cannabis), mana (it. manna), grand, du-
mande (demando), sant (sanctus), tgiana (canea), magna
(manica) etc.

E.

I. Langes oder durch consonantenausfall lang ge-
wordenes e erhielt sich in den verwandten sprachen (mit
ausnahme des französischen) meist rein.

a) In unseren dialekten wird es vor allen consonanten (mit ausnahme des m und oberländisch des r) meist

---

[16] Oberländisch tonscher lautet abweichend unterengadinisch
tendscher; wenn es kein druckfehler, wäre oberengadinischer einfluss
anzunehmen.

verbreitert: oberländisch zu ei, grödnerisch ĕi [17]), engadinisch in beiden dialekten zu ai.

1) Vor liquidis und s: candeila 1. chandaila e.
candela heinzenberg. (candela fr. chandelle), steila 1.
stĕilla gr. staila e. (stela für stella piem. steila fr. étoile
pr. estela nie estelha, cf rom gr. I. p 142), teila 1. tĕila
gr. taila e. (tela fr. toile). Hierher gehört auch meil 1.
mĕil gr. mail 2. (malum it. melo), aveina 1. avaina e.
(avena fr. avoine), cadeina 1. tgiadĕina gr. chadaina 2.
chadagna 3. (catena fr. chaine), tscheina 1. tschĕina gr.
tchaina e. (coena fr. cène) [18]), fein 1. fain e. (foenum pg.
feio, fêo fr. foin', farein, frein 1. frain e. (frenum pg.
freio, frêo fr. frein), peina 1. pĕina gr. paina e. (poena
fr. peine), plein 1. plain e. (plenus pg. cheio, chêo fr.
plein', reins Ruf. rens Car. 1. rain, arain e (renes fr.
reins'), serein 1. serĕin gr. serain e. serenus fr seri',
terrein 1. terrain e. (terrenus fr. terrein, terrain), veina
1. vĕina gr. vaina e. (vena fr. veine', tschaira e. tschĕira
gr. (cera fr. cire wal. ceare), faira e. (feria it fiera pg.
feira fr. foire), saira e. sĕira gr. (*sera fr. soir wal. seare),
vair (verus pr. veir fr. vrlt. voir), avair e. avĕi gr. (habere fr. avoir), vair e. udĕi gr. (videre fr. voir) und so
fort alle verba, die im lat. auf ere ausgehen, in unseren
dialekten aber durch übertritt zu anderen conjugations-
formen numerisch sehr zusammengeschmolzen sind. treis,
tres 1. trĕi gr. trai 2. trais 3. (tres it. tre wal. trei pr.
trei fr. trois), tchuncheismas Conr. und Ruf. 1. tschun-

---

[17]) ĕ lautet im grödnerischen wie ein mittellaut zwischen latcini-
schem ae und oe. Die diphthongierung ei kennen auch die nord-
italischen und der normännische dialekt Frankreichs und das engadinische ai weist auch der dialekt von Anjou und Poitou auf cfr. Burguy,
grammaire de la langue d-oil. Berlin 1853-56. Tom. I. p. 25.

[18]) Wir bemerken hier, dass wir die lateinischen laute ae und oe,
da sie in noch geringerem umfange als in den schwestersprachen erhalten sind und übrigens eine gleiche behandlung wie e erfahren zu
haben scheinen, mit diesem verbunden betrachten werden.

keismas Car. 1. tschinquaisma e. cf. veltlkr. 117 (quin-
quagesima), quareisma 1. curëisma gr. quaraisma e. (qua-
dragesima fr. carême), meisa 1. mëiza gr. maisa e. (mensa
sp. mosa), meins 1. mëns gr. mais e. (mensis it. mese
fr. mois), peisa 1. pais e. (pensum it. peso fr. poids),
praisa e. (prensus fr. pris), teis = steil 1. tëis = be-
soffen gr. tais = voll, gestopft e. (tensus it. teso sp. tieso
fr. toise). Die lat. endung -ensis gibt -eis 1. ais e. und
wird von den engadinern oft zur bildung von völker-
namen verwandt; (cf. Car. gr. p. 129 f.) burgheis 1.
(burgensis fr. bourgeois).

Vor mutis: dei 1. nach Conr. (debeo fr. dois), daien
e. bei Bivcruni (debent), deivet 1. debit e.; eiver 1.
aiver e. (ebrius fr. ivre) [19]), pleiv 1. plaiv e. = pfarrei
(mlat. plebs = paiochialkirche it. pieve), reiver 1. rever
c. (repere ein in den schwestersprachen erloschenes
wort), seiv, seif 1. saiv e. sêv heinzenberg. (sebum it.
sevo fr. suif), sciv, seiff 1. saiv e. sêv hein. (saepes
it. siepe), fleivel 1. flaivel e. (flebilis für debilis fr. foible
alt floible it. fievole sp. pr. feble pg. febre), dëibl gr.
deischl dialekt von Filisur. (debilis). Hierher zu ziehen
ist auch die endung -eivel 1. -aivel e. it. evole lat. abilis,
welche zu ebilis oder ibilis übertrat: migieivel 1. amiaivel e (amicabilis, it. amichevole), queida, cuveida 1.
quaida, cuvaîda e. (cupedo bei Lucrez für cupido cf. pr.
cobeitar), cuseida 1. cusaida e. (consueta für consuetudo)
creig crei 1. crai e. (müskr. 693) (credo fr. crois), craida
2. crëida gr. (creta nhd. kreide fr. craie), muneida 1.
munëida gr. munaida e. (moneta fr. monaie), reit, reid

---

[19]) Scheiver, tcheiver 1. (auf welche letztere Form im lexik. ver-
wiesen wird, ohne dass ich ihrer an der betreffenden stelle habhaft
werden konnte) = „fastnacht" ist nach Steub Rh. Ethn. p. 239 gleichsam „disebriüs". Doch ist der bedeutung halber die von ihm ver-
worfene etymologie von Rufinatscha, der es p. 11. mit desipere it
scipire „albern werden", zusammenstellt, wohl zu erwägen. Lautlich
möglich sind beide herleitungen.

1. rait e. (rete fr. rets), seida 1. saida e. sëida gr. (seta
fr. soie), seicla, sicla 1. saidla c. (setula), teigia = kien-
holz 1. teja, taja e. (taedea von taeda), teigia = scheide
1. taja 2. taischia 3. (theca fr. taie wal. teace cf. e. w.
II. c. 417', bottëiga gr. (apotheca it. bottega fr. boutique
cf. e. w. I. 79), raig rai e. alt araig (regem fr. roi),
lai 2. laig 3. = ehc (legem fr. loi), ebenso im auslaut:
mei, tei, sei 1. mai, tai, sai 2., (me, te, se pr. mei
fr moi).

b) ê erhält sich rein:

1) vor m: blastemma b. (it. blasfemia fr. blas-
phème), femna b. fënna gr. (fr. femme), premi m. 1.
premgia f. e. (praemium it. premio fr. prime), semm
(semen it. seme fr. sème), senda 1. semda e. (semita
sp. senda fr. sentier).

2) Oberländisch vor r: tschera, sera, stadera
Car. stadeila Conr. u. stadeira Ruf. 1. stadeira e. (sta-
tera fr. statère), ver (verus), ver, avêr (habere), ver
videre). Einzeln auch vor andern consonanten: vel. b.
(velum it. velo), regla (regula fr. règle), reg 1., leg 1.
(fr. roi, loi).

3) Einzeln in den engadiner und grödner dialekten:
fëgn gr. (foenum), plëgn gr. (plenus), rë gr. (it. re) më, të,
së gr. me, te, se 3., pejer, pes 3. (pejor pejus', tschel,
cel 3. (coelum fr. ciel).

c) Die gemeinromanische ausweichung zu
i, sowie der diphthong ie (letzterer besonders im
grödnerischen) findet sich einzeln auch in unseren dialekten: hrida 1. creda 3. (creta), pir, pis 1.
(pejor, pejus pr. peitz fr. pis), pyrs bei Biveruni, welcher
auch ein vinin (venenum sp. vrlt. venino), schil (coelum)
kennt, butia 1. buttia e. (it. bottega), tschiel 1. (coelum)
so auch im obereng. müsserkr. z. 1., fiera 1. (it. fiera);
gr.: fiöra, stadiöra, tschiöl, siöf (saepes), piötsch (pejus),
chiött (quietus).

II. „Kurzes e vor einfacher consonanz diphthongiert sich in den verwandten sprachen mit ausnahme der portugiesischen zu ié wal. auch eá," bleibt jedoch in nicht wenigen fällen auch bestehen. Letzteres findet besonders in vorliegenden dialekten statt, während die fälle mit dem diphthongen nicht häufig und fast nur oberländisch sind. Im Engadin und besonders im Unterengadin scheint ei hauptform zu sein und bei Biveruni zeigt sich öfter i.

a) Der diphthong ie begegnet oberländisch, wenn in folgender silbe ein i steht oder stand: ier 1. her e. (heri it ieri fr. hier), fiera (ferit sp. hiere pr. fier afr. fiert), inf. fierer, frir part fiers, ebenso cuviera (cooperit), inf. cuvierer u. cuvrir, miedi 1. (medicus it medico, ebenso sp. doch altsp. u. afr. miege), remiedi 1. miez 1. mezz e. (medium wal. miez pr. mieg), piez 1. pezz e. (*petium it. pezzo sp. pieza fr. pièce e. w. I. p. 316), diesch 1. desch 3. diösch gr. (decem it. dieci sp. diez), tievi 1. tèvi e. (tepidus it. tiepido u. tepido fr. tied). Die beispiele romanischer position werden besser mit denen lateinischer position verbunden. In offener silbe findet sich bei Conradi und in mehreren meiner quellen gleichfalls die schreibung ie, doch schreibt Carisch stets e und das ist wohl die gegenwärtige aussprache. lieur, leur 1. liöver gr. (lepus it. lepre sp. liebre), leu, liun 1. liun e. liogn gr. (leonem fr. lion), tieu, theu 1. tiev e. (taeda sp. tea), mieu, tieu, sieu u. meu, teu, seu 1. mie, tie, sie gr. mieu, tieu, sieu 3.[20]). (it. mio pr. mieu, meu fr. mien', dieus, deüs 1. die gr. dieu e. (deus it. dio fr. dieu), iou, eau, ea 1. iö gr. eu, eug 2. eau 3. (ego pr. ieu).

b) Im Engadin wird e häufig zu ei: meil 2. maigl 3. miöl gr. (mel it. miele sp. fr. miel pr. mel', feil e. (fel it. fiele fr. fiel pr. fel), meidi e. (medicus), remeidi

---

[20]) ieu wird im Oberengadin = ia gesprochen, cf. Car. gr. p. 111.

3

e. (remedium), veider 2. (vetus veteris; in den verwandten sprachen erloschen), peida = zeit, musse (etwa von pes, pedis wie pedone it. = fussgänger? cf. e. w. I. 311), hierher leid (laetus) übergetreten, feivra e. (febris fr. fievre), leivra e. (lepus), leiva (levat), leiv (levis it. lieve fr. liége), analog diesem: greiv (gravis it. greve); neiv 2. neif 3. (nepos fr. neveu). Unterengadinisch auch in offener silbe und zwar schon bei Dur. Champell und Pitsch. Saluz.: deis, meis, teis, seis neben dieu, meu, seu, sieu.

c) Biveruni setzt in seiner oberengadinischen übersetzung des neuen testamentes öfter i für e, jedoch, so weit ersichtlich, nur vor erweichten (durch einfluss eines palaten i) lauten und in latein. position: miz (medius), vingen, tingen (veniunt, tenent), Singer (senior), vijlg (vetulus), vijlgdüna = alter, milg (melius), inclijgt (intelectus), tijmp (tempus), differijntia. Allein stehen: disch 2. (decem fr. dix), antir, antier 1. inter e. (integer fr. entier).

d) In den meisten fällen bleibt aber e rein: so in den fremdwörtern: evangeli, imperi, materia, ministeri, santeri, sumanteri 1. sunteri (κοιμητήριον fr. cimetière), ferner: mel 1, fel 1., meglier 1. megl meglder e. (melior), vegl b. (vetulus), schem 1. dschem 2. (gemitus), vegn, tegn (venit, tenet it. sp. viene, tiene fr. vient, tient pr. ve, te), Segner (senior fr. seigneur), veder 1., peda 1., led 1., aber pei 1. pè e. (pes fr. pied pr. pe), brev f. 1. = brief (brevis it. brieve fr. brief), fevra 1. (it. ebbre), leva 1. (levat), lev 1. (levis), grev 1. (gravis), nebla 1. (nebula sp. niebla), nefs 1. (nepotem), legier 1. leger 2. ler 3. (legere fr. lire), regier 1. redscher e. (regere it. reggere), tegia 1. thèa 2. (attegia Diez gr. I. p. 132).

III. In der position bleibt e unverändert in den verwandten sprachen. Nur der Walache und Spanier lieben auch hier den diphthongen.

a) Ihnen schliessen sich unsere dialekte und besonders der oberländische an, indem sie e zu ie, ia, ea verbreitern. Die Oberländer thuen es vor allen consonanten (mit ausnahme der gutturalen?) ohne sich aber streng daran zu binden, die Grödner nur vor r mit folgender consonanz und so auch findet sich der diphthong im ältesten unter- und oberengadinischen, während die jetzige sprache dieser dialekte nur noch wenige beispiele bewahrt hat.

1) Oberländisch: ie, ia: stierl, stiarl 1. sterl e. (sterulus it. sterile), schierm 1. dscherm e. (germus it. fr. germe), tierm, tiarm 1. term e, (terminus afr. tierme), vierm 1. verm e (vermis wal. vearme, verme), unviern (hibernum wal. earne fr. hiver), uff-, infiern (infernum fr. enfer), stiarner 1. sterner 2. (sternere; in den übrigen romanischen sprachen erloschen). Die endung -erna gibt iarna: latiarna 1. laterna 2. linterna 3. (laterna fr. lanterne), fier 1. fer e. (ferrum wal. fier sp. hierro), siara, sera 1 (serra für sera = schloss fr. serre e. w. I. 379), tiara, terra 1. torra 2. (wal. tzeare, tziere fr. terre), datschiert adv. (certo afr. ciert), desiert 1. desert e. (desertum fr. désert), ierta 1. (*hereta von hereditare fr. heritage). Die participia: aviert, cuviert, ratschiert [21]) (apertus, coopertus, receptus), miarda 1. merda e. (it. merda), tierz 1. terz e. (tertius it. terzo fr. tiers), tschierv 1. tcherv e. (cervus sp ciervo afr. cierve), erva, iarva 1. erba 2. (herba wal. earbe fr. herbe), nerv, nierv, gnierv 1. gnerv 3. (nervus sp. niervo), supiervi, superbi 1. superbi e. (superbus fr. superbe), siarp 1. serp e. (serpens it. pg. afr. serpe sp. sierpe), albierg (ahd. heriberga fr. auberge altsp. albergo), pial 1. pell e. pöll gr. (pollis wal. peale, pele sp. piel), schumial 1. gimels 2. dchimels 3. (gemellus fr. jumeau), sialla 1. sella e. (sella altsp. siella), masialla 1. massella e. (maxella). Die endung -ellus kürzt sich im sgl. oberländisch zu ì, engadinisch zu è, lautet aber im pl. -ials,

---

[21]) Das part. von anscheiver 1. (incipere) lautet anschiett 1.

els: capì 1. chapè e. tgiapöll gr.; pl. capials, chapels.
tgiapöi, ebenso formte sich bì, biall f. bialla 1. bell,
bè e. böll gr. (bellus fr. beau afr. biel); tschient b·
tchënt gr. (centum sp. ciento), fimient 1. — räucherung
füment e. (*fumentum?), rumient 1. rimient e. = koth
(*remanent' cf. rom. gr. II. p. 357). Die endung -entia
gibt -ienscha 1. enscha e.: cardienscha 1. credenscha e.
(credentia wal. credintze fr. creance), miass 1. mess 2.
messis it. messe fr. moisson), viespra 1. vespra 3. (vesper
altsp. viespra afr. viespre), biesc, bieschg 1. bestia 2.
beschia 3. (bestia wal. biess afr. bieste), on basiast
(annus bisextus Ruf.), dumiesti 1. domestic 3. (domesti-
cus sp. domestico), ester, iester, iaster 1. (externus),
fiasta, festa 1. fösta gr. (festa sp. fiesta), figniastra,
fenestra 1. funöstra gr. (fenestra wal. fereastre sp. vrlt.
finiestra fr. fenêtre), niazza 1. (*neptia für neptis fr.
niece sp. nieta cf. e. w. II. c. p. 374), siat 1. sett e.
söt gr. (septem wal. seapte sp. siete fr. sept), schliat
schliet 1. schlett e. (nhd. schlecht it. schietto).

2) Grödnerisch (fast nur vor r) iè: tierra, infiern
(infernum), inviern (hibernum), fièr (ferrum), vièrra (ahd.
werra fr. guerre), tschierf (cervus), nierv (nervus), ièrba
(herba) viers praep. (versus), lintierna (laterna), sies (sex
wal. sease), biöscha (bestia). In den beiden letzten bei-
spielen wirkte wohl der folgende guttural und das pala-
tale i die diphthongierung so auch in piöne (pecten),
piöt (pectus), liött (lecttum), wo ihn die bündner dialekte meiden.

3) Altunterengadinisch [22]) kommt bei Durich
Champell ie und ea als erweiterung des e vor r mit folgender consonanz vor, während schon Pitschen Saluz
den reinen vokal in seine rechte wieder einsetzte. Beispiele bei Dur. Champ. sind: tearm (terminus),

---

[22]) Die aus den verwandten sprachen bekannte auflösung des
doppelten l hat auch im altunterengadinischen statt: beau = bel, cf.
Car. gr. p. 108 und 129.

pearder, tschearta (certa), tschierui (cervi), hiviern
(hibernus). Beispiele bei P. Sal: tscherm (germus), terms
(terminus), terra, terz, serf (servio).

4) Oberengadinisch findet sich im veltliner
krieg (ebenfalls nur vor r und folgenden consonanten) fast
ausnahmslos der diphthong ie (und ea), den auch Biveruni
kennt, ohne ihn consequent zu schreiben. Der müsserkrieg meidet den diphthong gänzlich und in gegenwärtiger sprache findet er nur selten anwendung. Beispiele
bei Biveruni: infiern (infernum), vierf pl. verva (ver-
bum; ein in den übrigen sprachen und gegenwärtig auch
in unseren dialekten erloschenes wort) dagegen: terra,
schert (certus), servan (serviunt). Beispiele aus dem
veltinerkrieg: tearm 1040, (terminus), tschearnas 87,
112, 815 und scherna 48 = auswahl (von cernere),
inviern 5 (fr. hiver), avierts 207 (aperta sc. loca), tschiert
451, tscheart 733, tscheartezzia 827, profearta 945 = an-
erbieten (von proferre), pearz 244 (perdutus), tearz 320.
aber vets praep 385 (versus), und vart sbst. = seite 582.
Gegenwärtig zeigt sich der diphthong noch in: inviern,
uviern e. (fr. hiver), infiern 3. (infernum), carva 3.
(herba) und tschient (centum).

b) Im Engadin (besonders im unterengadinerdialekt)
herrscht vor der lautverbindung st eine vorliebe zu ei
(statt des einfachen e) und vor den nasalen n und m
zu ai, welche sich oberländisch nirgends zeigt, wohl
aber engadinisch auch vor einfacher consonanz.

1) Ei vor st (Diese schreibung bietet sich schen
in den beiden historischen gedichten oberengadinischer
mundart. Ob auch Biveruni und die altunterengadinischen
autoren so schrieben, vermag ich aus mangel ein-
schläglicher beispiele nicht zu entscheiden): adeister 2
adester 3. (dexter), domeisti 2. dometic 3., eister c.
(exterus), fneistra, fnestra e. (fr. fenêtre), feista e. (festa),
reista, reistan e. (restat, restant), reist e. (fr. reste), teista,

testa e. (fr. tête). Dazu veispra 2. vespra 3. (fr. guêpe nhd. = wespe).

2) Ai vor m und n (jedoch nur, wenn ihnen eine tenuis folgt oder folgte und bei m auch dann nicht consequent; schon in den ältesten denkmälern beider dialekte ist die sachlage die nämliche). saimper e. semper 1. aber temp b. (tempus), exempel b. (exemplum), September; daint e. dent, denn (dentem fr. dent), sainta e. senta 1. (sentit). Die participialendung -ens -entis lautet -aint e. ent 1.: vivaint e. vivent 1. (vivens); ebenso die substantiva auf -mentum: -maint e. -ment 1. testamaint e. testament 1., die adjectiva auf entus: containt e. cuntent 1., die adverbia auf -mente: -maing e. -mein, nach andern -megn 1.: facilmaing e. facilmein, facilmegn 1. (fr. facilement). Dagegen findet sich nur: imprender, tender, pender, senn sens (sensus), penna; ebenso gibt die endung -entia nur -enzia, -enscha: prudenzia, sabgenscha.

c) In andern fällen (besonders vor gutturalen) bleibt e in den bündnerdialekten rein, so: dretg 1. drett e. (directus fr. droit), daletg 1. dalett e. (delect-atio), antaletg 1. intellett e. (intellectus it. intelletto), pechien 1. petten e. (pecten fr. peigne), tèg 1. tett e. (tectum fr. toit), lèg 1. lett e. (lectus fr. lit), teisser 1. tesser 2. (texere fr. tisser)

d) Einige kleine ausweichungen zu i (neben den bei Biveruni vorkommenden cf. p. 31 c.) sind noch aufzuzeichnen: sis 1. ses e. (sex), cischp. (caespes it. cespo) und bei Dur Champell. ps. 23. iffick (effectum).

1.

I. Langes i erhält sich in allen romanischen sprachen rein, so auch in sämmtlichen vorliegenden dialekten. a) Vor liquidis und s: fil b. u. gr. (filum fr. fil), figl b. fi gr. (filius fr. fils), figlia b. fia gr. (filia), gilgia b. (lilium it. giglio fr. lis), sa vilar erzürnen = (von vilis?); die

endung ilis: satill 1. stigl e. (subtilis) schëntil = klug gr.
(gentilis), nuvill 1. uvil 2. nuvigl 3. = viehstall (ovile);
glimma 1. glima e. lima gr. (lima fr. lime), schimgnia
1. schimgia e. fehlt gr. (simia it. scimia fr. singe),
amprim 1. prim gr. (primus it. primo), sublim b. (subli-
mis), fin b. fign gr. (finis fr. fin), lin, glin b. lign gr.
(linum fr. lin), pign, pinn b. pinch gr. (pinus fr. pin),
scrign b. scrign gr. (scrinium fr. écrin), spinna 1. spina e.
(spina fr. épine), vin b. vign gr. (vinum fr. vin); die
endung -inus, ina: vischin 1. vschin e. uschin gr. (vi-
cinus fr. voisin), farina, frinna b. farina gr. (farina fr.
farine), girar, ir b. schi gr. (it girare von gyrus), mira
1. 3. = ziel, mirè gr. = betrachten (it. mira), spirt 1.
gr. (spiritus fr. esprit); die verba, welche lat. auf -ire
ausgehen, haben -ir b. ì gr.: sentir b. sëntì gr. (fr. sentir), ris part. von rir b. ris, rì gr. (risus, ridere fr. ris,
rire), viss 2. vix 3. (visus). b) Vor mutis: fidar, -är
b. fidè gr (it. fidare fr. confier), igniv 1. gnieu e. (nidus
fr. nid pr. niu), vitt b (vitis fr. vis), anvidar 1. invidar
-är e. (invitare fr. convier), vitta b. vita gr. (fr. vie),
castiar -igiar 1. chastiar -är e. (castigare fr. chatier),
gir 1. dir e. di gr. (dicere fr. dire), ficc 1. fix e. (ficus
fr. figue), fichiar 1. fichar -är e. fitgè gr. (figere it. fig-
gere), pigia Ruf. (picus it. pica fr. pie), schì b. (sic
it. fr. si), spigia 1. spia e. u. gr. (spica fr. épi), vig 1.
vich 2. vih 3. (vicus it. vico); die suffixe -icus -ica und
-icem: amig 1. ami 2. amih 3. (amicus fr. ami), umblig,
umblih (umbilicus it. ombelico fr. nombril), furmicla 1.
furmia e. u. gr. (furmica fr. fourmi), ragisch, risch 1.
radisch 2. rtsch (?) 3. ràvisa gr. (radicem fr. racine pr.
razitz), souritscha gr. (fr. souris), cribel e. crivel 1.
(cribrum fr. crible), fibla 1. fivla 3. (fibula it. fibbia),
liber b. (liber adj. fr. libre), lira b. u. gr. (libra it. libbra,
lira fr. livre), privar -är b. (privare fr. priver), riva b.
(ripa fr. rive), scriver b. scri gr. (scribere fr. écrire),
schivel 1. schibl gr. (sibilus it. sibilo fr. sifflet), tiba 1.

= alphorn (tibia fr. tige`, viv b. u. gr. (vivus fr. vif);
Die endung -ivus -iva: nativ b. (nativus fr. nativ), chativ
düsserkr. 120. fehlt bei Car. [13]), cattiv gr. (captivus fr.
chetif), saliva b. u. gr. (saliva fr. salive). Einige
ausweichungen kommen jedoch auch hier vor; so wird
in einigen worten das i, welches meist helle und gedehnte
aussprache hat, als ein dem e sich nähernder laut gesprochen, jedoch nur im Oberlande, während die Engadiner stets den reinen laut bewahren, z. b. vitta = vetta.
Letzteres ist auch die schreibart der katholiken cf. Car.
p. 123. Leider vermag ich die einzelnen fälle, in welchen die von Car. gr. p. 107. erwähnte verdumpfung
eintritt, nicht anzugeben, da mir ein oberländisches buch
mit katholischer orthographie nioht zur hand war. Wahrscheinlich aber sind es die fälle, wo der lateinische, einfache consonant geschärft auftritt. Entgegengesetzt dieser
verdumpfung zu e im Oberlande, zeigen die engadinerdialekte, besonders der unterengadiner vor den labialen
und m eine neigung das i zu ü zu trüben: fübla 2.
(fibula), prüm e. (primus) schon im müsserkr. 103. und
bei D. Champ. ps. 1., prüvà (privatus), schüvel e. (sibilus)
= schivel und scheul 1., schüvlar -är e. (sibilare) = schiv-
lar, schular 1. Oberländisch hat sich hier der labial
vokalisirt und den i laut geschwächt oder ganz verdrängt [14]).
In Tyrol entspricht diesem ü: „ü" und „u" schurrè,
schiurrè bàdiotisch (sibilare), ruf gr. (rivus wal. ruu)
lautet badiotisch rü. Vereinzelt stehen: spiert e. (spiritus), welches schon im ältesten unterengadin bei D.
Champ. ps. 23. zu belegen ist und auch oberländisch
als spert (im deutschen theil des Conradischen wörter-

[13]) In der recht hübschen zusammenstellung lateinischer ablei-
tungssilben, welche sich in seiner grammatik p. 125. ff. findet, ist
sonderbarer weise die endung -ivus -iva ganz übersehen, ohne deshalb
den dialekten unbekannt zu sein.

[14]) Auch schon im lat. hat der folgende labial eine ähnliche trübung gewirkt wenigstens, wenn man subula = ahle (sibla 1. sübla 2.
süvla 3.) u. subulo = flötenspieler mit sibilo zusammenstellen darf.

buches) begegnet; prievel. e. prigel 1. (poriculum) (bei
D. Champ. ps. 23 priguel, prof. a Porta schreibt 1795
noch unterengadinisch privel, während der oberengadinische veltlinerkrieg 93 prievel bietet, bei Conr. lautet
das wort priegel und priguel und bei Ruf. priel); mera
2. mira 1. (im oberengad. lautet es müsserkr. 183.
mira = lauer). Ein fall endlich, der allen vorliegenden
dialekten, sowie dem it. pr. und fr. gemeinsam, ist:
freid 1. fraid e. frëid gr. (frigidus it. freddo pr. freit
fr. froid).

II. Kurzes i vor einfacher consonanz geht in den
verwandten sprachen in e über. In unseren dialekten
geht es a) analog dem langen e, vor allen consonanten
(mit ausnahme des m und oberländisch des r) in den
Diphthongen über: oberländisch ei grödnerisch ëi engadinisch in beiden dialakten ai.

1) Vor liquidis und s (Der beispiele sind sehr
wenige, da alle fälle mit palatalem i wie in der position
behandelt werden): peil 1. pëil gr. pail e. (pilus it. pelo
fr. poile), sein 1. sain e. (sinus it. seno fr. sein), meins
1. main e. schon bei Biveruni (minus it. meno fr. moindre),
meina 1. main 2. bei D. Champ. (cf. Car. gr. p. 198),
mëina gr. (minat it. mena fr. mène), urdaina vltkr. 743.
(ordinat), pëir gr. pair e. (pírus it. pero fr. poire),
nair e. schon bei Biveruni (niger it. nero fr. noir).

2) Vor mutis: fei 1. fai 2. (fides it fede fr. foi),
neidi, neid 1. (nitidus it. nitido), prei, parei 1. parëi gr.
parait e. (parietem it. parete fr. paroi), seit 1. schëit gr·
sait e. (sitis it. sete fr. soif), veider 1. vaider e. (vitrum
it. vetro pr. veire fr. verre), vaigd, vaigda u. vaidg,
vaidgua u. guaivd, guaivda e. (viduus, vidua it. vedovo
fr. veuve), beiver 1. baiver e. schon bei D. Champ. u.
Biveruni (bibere it. bevere fr. boire), neiv 1. nëiv gr.
naiv e. (nivem it. neve fr. neige), neiver 1. naiver e.
(nivere it. nevare fr. neiger), peiver 1. paiver e. (piper
it. pevere fr. poivre), ratscheiver 1. artschaiver e. (reci-

pere fr. recevoir); die endung -ibilis: carteivel 1. = glaub-
lich cretaivel e. = gläubig (credibilis it. credevole fr. croyable);

b) es verwandelt sich, wie in den verwandten sprachen, zu e.

1) Vor m (wo aber in wenig assimilirten worten
häufig das ursprängliche i bestehen bleibt) in allen, und
vor r im oberländer dialekt: ansemmen, ansembel 1.
insembel 2. insemmel 3. (insimul it. insieme fr. ensemble),
dagegen simil, consimil (similis it. simile), stema 1. (ka-
thol. schreibung), stima b. (aestimatio it. stima fr. estime),
temma b. tëma gr. (timor it. tema); ferner: pêr 1. (pirus
it. pero), nêr 1. (niger it. nero).

2) In offener silbe bei folgendem u im oberländischen, wofür sich auch die oberengadinische schreibung ieu findet (die obereng. aussprache des ieu = iå erwähnten wir schon oben bei dem kurzen e); in den engadiner dialekten steht hier meist reines i, doch auch
der diphthong ie; im rom. auslaut tritt oberengadinisch è, heinzenbergische auf: aveul, avieul 1. aviöl 2.
aviol 3. (apiculus fr. abeille), meula, mieula, schmieula 1.
miula 2. mievla 3. (micula cf. it. miga fr. mie, miette), vieu,
veu f. vieua, veua (viduus, vidua fr. veuve); das masc. der part.
perf. aller schwachen verba auf -ere, ire geht oberl. auf
eu, obereng. auf ieu aus: vendeu 1. vendieu 3., duleu 1.
dulieu 3., udeu 1., udieu 3.; oberländisch begegnet auch
hier ieu bei Conr. und anderen; das lange i wird also
hier gleich dem kurzen behandelt, so auch in substan-
tivis z. b. mareu, marieu 1. (maritus fr. maris); prè 3.
pre h. (paries), fé 3. fe h. (fides).

c) I bleibt bestehen in offener lateinischer
oder romanischer silbe und auch sonst in
schlecht assimilirten lateinischen worten (Die
fälle sind fast die nämlichen, welche auch die verwandten
sprachen aufweisen): gi 1. di e. u. gr. (dies it. dia,
di), via b. (it. via fr. voie), lia e. ligia 1. (it. lega fr.
ligue), stria b. (it. strega); ferner: discipul, invidia 1.

inviglia 3. liquid, minim (it. minimo', tiger 1. tigher e.
titel b. (it titolo), legitim, terribel b. tribl gr., avarizia etc.

III. In der position vertauschen die verwandten
sprachen i meist mit e.

a) Die gleiche vertauschung mit e ist in unsern
dialekten besonders im oberländer und grödner üblich.
(Romanische position, wozu auch alle fälle eines palatalen i zu rechnen sind, hat hier dieselbe geltung wie
ursprüngliche).

1) Liquidae u. s: cavell 1. chavè e. tgiàvèll gr.
(capillus fr. cheveu), selva 1. (silva it. selva), stella 1.
= traufe (stilla it. stella = kielfurche?) el, els f. ella.
ellas b. ël, ëi f. ëila, öiles gr. (ille it. el fr. il), sembel Conr.
sëmpl gr. (simplex it. semplice fr. simple), en, ent, enten
1. (intus pr. ins afr. ens nfr. dans), trenta b. trënta gr,
(triginta fr. trente), cumenza 1. (it. comminciare fr com-
mence cf. e. w. I), senza 1. zënza gr. (v. sine it. senza
fr. sans), savens 1. suvent 2. suenz 3. suvënz gr. (su-
binde it. sovente fr. souvent), tschendra b. tschënder gr.
(cinera it. cenere fr. cendre), mender b. mënder gr.
(minor it. meno fr. moindre), fender b. (findere fr. fendre),
stenscher 1. 2. (extinguere fr. éteindre), strenscher 1.
strënscher gr. strendscher 2. (stringere fr. contraindre),
venscher 1. vëntscher gr. vendscher 2. (vincere fr. vain-
cre), veinch, veign 1. (viginti it. venti), tschengel, tschein-
gel m. = einsam stehender fels (cingulum? it. cingolo
it. cinghio = abhang. Steub Rh. Ethn. p. 49 weist das
wort dem etruskischen zu), dumeingia 1. dumengia e.
dumëgna gr. (dominica it. domenica fr. dimanche), lenn
1. lögn gr. (lignum it. legno), lieunga, leunga 1. lengua 2.
lënga gr. (lingua fr. langue), pieung, peing Conr. piaun,
pioun Car. 1. = „fett.“ (pinguis it. pingue, pinguedine
fr. pinguin = fettgans; Steub. Rh. Ethn. p. 47 setzt dafür ein etruskisches puana an), pegn, peign 1. (pignus
it. pegno), senn 1. = glocke (signum altit. segno pr.
cenh), ansenna 1. segn e. sëgn gr. (signum it. segno fr.

signo), descgn, disegn b. (it. disegno fr. dessein), tegnia,
teina 1. togna e. (tinea it. tigna fr. teigne), tscherca 1.
tschercha e. tschërtla gr. (circat, circulat it. cercare fr.
chercher), tscherkel 1. 2. circulus fr. cercle), ferm b.
(firmus fr. ferme), erpi 1. erbst 2. erpesch gr. irpicem
it. erpice fr. herse), vergia, verscha = kehrbesen Conr.
(virga fr. verge, verd b. u. gr. (viridis fr. vert), fessa
1. sfessa e. sfössa gr. (fissa it. fesso), mess 1. 2. (missus
fr. mis) spess b. (spissus it. spesso), -issa wird essa:
con-, cuntessa (fr. comtesse), issem wird ess: vendess
(pr. vendes); battem 1. (baptisma fr. baptême), cresta 1.
(crista fr. crête), quest 1. (ecce iste it. questi), ueschg,
uveschg 1. vescul gr. (episcopus fr. evêque), pesc 1.
pesch e. pësch gr. (piscis it. pesce), -iscus gibt esch:
tudesch 1. tudësch gr. (teodiscus it. tedesco).

2) Mutae: metter b. mëtter gr. (mittere fr. mettre),
lëttra gr. (littera fr. lettre), survetsch 1. servezzen e.
(servitium), vezz 1. vez e. (vitium), tschepp b. (cippus
fr. cep), sezz 1. (se ipse), svess e. (suus ipse?) vess 1.
vix it. vece fr. fois), gig (spr. dgég nach Conr.) 1. dett
e. (dictus), dett 1. dëit gr. (digitus it. dito fr doigt),
sech, setg b. sëch gr. (siccus fr. sec), strech, stretg 1.
strett e. (strictus it. stretto fr étroit), vendetta b. gr.
(vindicta it. vendetta).

b) Vor erweichtem l finden sich verschie-
dene schreibungen: (das i, welches sich an oberländisch e engad. a sehr häufig anfügt, wird jedoch in
den meisten fällen reines quetschzeichen sein); tschisch-
eiglia Car. tschitscheglia Ruf. tscherscheglia Conr. 1.
(caecilia Ruf.), cun-cuseigl Car. cusselg Conr. 1. cugnsëi
gr. cussaigl, -egl e. (consilium fr. conseil), fumeigl 1.
famaigl e familius = famulus), meigl, megl 1. mei 3.
(milium it miglio fr. mil). marveiglia Car. marveiglas
Conr. 1. müravaglia e. (mirabilia fr. marveille), peiglia,
peglian 1. (pilat, pilant it pigliare) survitscheiglia Car.
survertscheiglas, survertscheilas Conr. 1. survaschella 3

(?) (supercilia fr. sourcils; der anlaut erfuhr umdeutung
zu survir (serviro), lat. also gleichsam servacilia; tschaigl
(cilium) hat nur 2.), ureiglia Car. ureglia Conr. 1. urĕdla
gr. uraglia e. (auricula fr. oreille), suleigl Car. soleigl
Conr. 1. solĕdl gr. sulaigl e. (soliculum pr. solelh) ba-
seilgia Car. baselgia Conr. 1. baselgia e. (basilica ver-
tritt in Bünden das gemeinromanische ecclesia = dliĕscha
gr. gliescha enneberg.), streglia 1. straglia e. (strigilis it.
strcgghia fr. étrille).

c) Vor den nasalen sowie vor s mit folgender muta setzen die engadinerdialekte
gern ai statt e: saimpla 2. cf. Car. gr. p. 194 (simplex), aint (intus), cumainza, müsskr. 162 (comminciat),
sainza (it. senza), vaindscher 3. (vincere), vainch (viginti),
lain (lignum), painch = butter (pingue), pain (pignus),
sains 2. saign, sain 3 (signum pr. cenh), insaina (fr.
signe), die schreibung au für den laut ä (cf. p. 24 c.)
hat sich auch hier eingedräugt in: staundscher 3. (extinguere), straundscher 3. (stringere), laungia 3. leaungia
Biver. (lingua fr. langue), craista (crista), quaist 3. Biv.
müsskr. (ecce iste), maistda Biv (mixtat) sneister Car. 2.
sneichtra 3. veltkr. 544 (sinister it. sinestro), ovaisc 2.
ovaisg 3. uvaisch müsskr. 357 (episcopus), paischia 3. =
fischruthe (v. piscis), tudaisch e. (teodiscus).

d) Bei Dur. Champell und im Veltlinerkrieg ist, wie
bei e, der diphthang üblich, den auch die gegenwärtige
oberengadinische sprache kennt, während der müsserkrieg
und der unterengadinerdialekt (von P. Saluz an) ihn, wie
auch bei e, meiden.

1) Unterengadinisch D. Champ.: tschearchk
fr. cherche), fearm (firmus) ps. 42, veard (viridis) ps. 1,
vearna Car. nachtrag von 1852 (virginem); P. Saluz:
tscherchia, ferm.

2) Oberengadinisch. Vltkr.: fiarm, fearm 508,
924, gielgia 117 (vigilia?); müsserkr: tschertscha 532,
ferm 604; gegenwärtige sprache: schierchel (cir-

culus), ierpi (irpicem); **einzeln**: saniester 1. sneister 2.
schnester 3. (sinister).

e) **Oft bleibt aber auch i bestehen, besonders vor ll, n und s**: tschinta b. (cincta cf. fr.
ceindre), dign 1. degn. e. (dignus), finta b. (fingere fr.
feinte), prinz, prinzi b. (fr. prince), tschinch e. gr. (quin-
que), quint gr. (quintus), stig 1. stitt e. (exstinctus),
vint gr. (viginti), argiglia Conr. (argilla), milli b. mille
gr. (mille), pill, pilla, pilluta 1. pirola e. (it. pillola), miss
3. (missus), acquist b. (it. acquisto), rista b. (it. arista),
assister b. (it. assistere), chista Conr. tgèsta gr. (it. cista),
epistla 1. epistola e., trist b. (it. triste), quist e. schon
P. Saluz (it. questi), scritt b. gr. (it. scritto), fix (it.
fixo), ditt 3. gr. det nonsberg. (dictus), viz gr. (vitium).

O.

I. Langes lateinisches o erhielt sich im italiänischen,
spanischen, portugiesischen und provenzalischen meist
rein, artete jedoch öfter, besonders im walachischen und
altnormännischen zu u aus. a) Die bündnerdialekte (der
oberländische fast ausnahmslos) setzen u; ihnen schliesst
sich der Enneberg-Abteier an.

1) **Vor liquidis und s**: cul b. (colum it. cola),
scular -är b. (colare fr. couler), duglia b. = stielöffnung in
der axt (dolium it. doglia = fass), sul, sulett b. schon
D. Champ 1. (solus fr. seul). num 1. 3. bei Biver. (nomen
fr. Léger: nun), pumma (pomus fr. pomme), dun Conr.
1. duns pl. P. Saluz (cf. Car. gr. p. 191.) 2. (donum fr.
don), dun (dono) Biveruni 3. (beide fehlen bei Car. cf.
dunat afr. eidschwüre), nun b. (non wal. nu), curunna,
crunna b. (corona fr. coronne it. cruna wal. curune),
parsunna 1. persuna e. (persona); die endung o -onis
lautet -un, im enneberg-abteiischen ugn (cfr. Mitterrutzner
p. 15, 19), ladrun b. (latronem it. ladrone fr. larron),
liun b. (leonem), pivun 1. paviun 2. pavun 3. (pavonem
fr. paon), saschun e. (fr. saison cf. e. w. I. p. 394. s. v.

stagione), uraziun b. oraziugn enn.-abt. (orationem fr
oraison), flur b. (florem it. fiore fr. fleur), ura b. (hora
fr. heure anorm. ure`, cur, cura b. (qua hora cf. e. w.
I. p. 295 f.), lur b. (illorum it. loco fr. leur), mura 1.
(morus wal. mure), ur b. = saum, rand (os, oris in den
übrigen sprachen erloschen); die endüng (t) -or, (t) -oris
lautet (d) -ur, (t) -ur: b. enn.-abt.: amur b. enn.-abt. (fr.
amour anor. amur), dalur 1. dolur e. (dolorem fr. douleur),
hanur 1. honur 2. onur 3. (honorem), lavur (laborem),
magiur (major), pegiur, priur, migliur (melior), minur,
signur (senior`, stimadur f. stimadura (aestimator -trix),
pastur, traditur u. s. f.; giù 1. (deorsum it. giuso sp.
yuso pr. afr. jus), spus b. (sponsus it. sposo anor. espus),
nus b. (nos fr. nous fr. mlat. nus), vus 1. 3. (vos fr.
vous fr. mlat. vus); die endung -osus lautet -us: glorius
b. enn.-abt. (it. glorioso fr. glorieux).

2) Vor mutis: cutt (cotem it. cote fr. queux),
nuf 1. Conr. (nodus sp. nudo), nuar 1. (nodare fr. nouer)
fehlt ebenfalls bei Car. tut. 1. dutt gr. (totus it. tutto
port. tudo fr. tout anorm. tut). vud, vutt b. = gelübde
und götzenbild (votum it. voto anorm. vud) Ruf. p. 14.
will das wort in letzter bedeutung von Wuotan dem
obersten gott der deutschen herleiten), muvel = viehstand
(mobile fr. meuble), ruinna 1. ruina, ruegen e. (robigi-
nem sp. robin cf. e. w. I. 360. s. v. ruggine), ruver b.
(robur fr. roure), scua, scuva b. (scopa), scrua b. (scrofa
casseler glos. scruva), schuber (sobrius fr. sobre dtsch.
sauber), vusch b. (vocem fr. voix), suga 1. sua e. (mlat.
soga, so auch it. sp. port. cf. e. w. I. p. 384.; oder
hatte das etymon kurz u und liesse sich das in den wörterbüchern als bei Plaut. Cat. u. Vitr vorkommend citirte
sucula = „ziehmaschine, winde" herbeiziehen?); die
endung -ox, ocis scheint in den vorliegenden dialekten
erloschen zu sein. b) Der grödner dialekt, dem sich auch
der bergamaskische, parmesanische und buchensteiner anzuschliessen scheint, vertauscht vor allen consonanten (mit

ausnahme der nasalen und im auslaut) o mit ou, welches
nach Mitterrutzner wie fr. eu lautet; die grödner grammatik, die sonst das phonetische princip consequent
durchführt, schreibt stets ou, nur 2 mal ëu: ëura (hora),
flëura und flour (florem). Beispiele mit ou sind
etwa: soul (solus), our = höchste spitze einer alpe
(os -oris), lour (labor), miour (melior), signour (senior),
servidour .(servitor), nous (nos), invidious (invidiosus),
cout (cotem), rour = eichel im spiele (robur fr. roure),
ousch (voccm).

c) O bleibt rein. 1) Grödnerisch vor nasalen
und im auslaut: pom (pomus), aber nuem (nomen);
die endung o -onis lautet ogn: liogn (leonem), sablogn
(sabulonem), intenziogn (intentionem), no (non), vo (vos).

2) Engadinisch vor m und im auslaut (wo-
für sich im ältern unterengadin auch uo einstellt): nom
e. so schon 3. im müsserkr. 148, während Biveruni
„num“ schreibt (nomen), pom e. (pomus), giò e. (deorsum),
co b. (qumodo), no, nus 2. nus 3. (nos), vo 2. vus 3.
(vos), tot 2. (totus). P. Saluz schreibt: nuom, puom,
nuo (nos), tuot; D. Champ.: nuo; J. Andeer: vuo u. no
tuott ist auch die jetzige form von 3.; die lat. endung
or (tor) lautet im sgl. ur b., im pl. aber schon in den
ältesten quellen beider engadiner dialekte -uors. Müsserkrieg: dulur 271 duluors 476, s gnur 285 signuors 300,
traditur 570 tradituors 450. D. Champ.: amur, legia-
dur, pastur, sengur pl peccaduorse ps. 1; nur ein mal
begegnet hunuor cf. Car. gr. p. 200. aber ps. 42 hu-
nure; Car. nachtrag von 1852 bietet fluor neben flur,
doch ohne angabe des dialektes und später ist flur =
blüthe mit e. bezeichnet; in Car. gram. p. 128 finden sich
(aber ebenfalls ohne angabe des dialektes): amatuor, geni-
tuor, dispensatuor, seguitaduor; aber die fem. bewahren u in
allen dialekten unverändert: cantadura, amatura u. s. w.

3) In einigen schleeht assimilirten worten:
dotta b. dòta gr. (dotem fr. dot), october Conr. uttober

gr, nepot Conr. neve Car. 1. (fr. neveu), **testimoni b.**
(fr. temoin).

d) **Schliesslich sind noch einige ausweichungen zu kurzem o anzuführen:** gliergia 1.
gloria e. glörgia Biv (fr. gloire`, niebel 1. nöbel e. schon
D. Champ. (nobilis fr noble) und die gemeinromanische
ausweichung iev 1. öv e. uef gr. (ovum it. uovo sp.
huevo pr. uou fr. oeuf nur wal. ou = ov).

II. Lateinisches kurzes o vor einfacher consonanz
wird in den verwandten sprachen diphthongiert, nur der
Portugiese, oft auch der Provenzale verwirft den diphthong.

a) Der diphthong fand auch in unseren dialekt. n eingang, ohne (besonders im oberländischen) das einfache o vollständig zu verdrängen. Die Formen sind: ie 1. ö, ou e. ue gr.

1) **Oberländisch:** ieli (oleum fr. huile); die endung
-olus lautet oft -iel: lanziel (linteolum fr. linceuil), calschiel = strumpf (calceolum), bien (bonus it. buono`,
miera (moritur pr. muer fr. meurt), zsgz. chir (corium
it. cuojo), sir (socer pr. suegre), chied (fr. coq. cf. e. w.
II. c. 253), mied (modius fr. muid`, miesel (modiolus
fr. moyeu cf. it. mozzo e. w. II. a), zsgz. vid (it. vuoto,
e. w. II. a. 77.`), diever = gebrauch (adoperatio cf. sp.
huebra fr. oeuvre), Gievgia Conr. (Jovis dies fr. Jeudi),
niev (novus it. nuovo), pievel (populus fr. peuple), triep
m. (it. tropa cf. e. w. I. 426.). **Vor gutturalen
schreibt Car. ou Conr. ieu:** feug, fieug (focus pr.
fuec fr. feu), gieug Conr. giuec Car. (jocus fr. jeu),
reug, rieug (rogatio und rogat cf. wal. roage`, leug, lieug
(locus pr. luec fr. lieu`.

2) **Grödnerisch:** duele (dolet it. duole), uele
(oleum cf. sp. huele), uel (vult fr. veut), linzuel (sp.
lenzuelo`, cazuela (sp. cazuela e. w. I. 121.), uem (it.
uomo), cuer (cor sp. PCid cuer`, brued (ahd. brod it.
brodo), tramuescha = mühlkasten (it. tramoggia von
modius), uet (it. vuoto), muever (movere cf pr. mueu
fr. meut), nuef (novus, novem), truep, true (it. troppo),

cuega (coqua it. cuoga), fuech (focus pr. fuec), luech
(locus pr. luec).

3) Engadinisch braucht ö und ou. *a*) ö: öli (fr.
huile). söli vrlt Biv. (solidus), bröl (it. bruolo pr. bruelh
fr. breuil e. w. I. 88.), linzöl, catschöl (calceolum), caz-
zöla, bön, chör (corium), sör, rösa (rosa [o kurz, während es die andern romanischen sprachen als lang be-
handeln] cf. e. w. I. 357.), chöd (fr. coq), möd (modius),
möd (modus in den verwandten sprachen der diphthong
nur altsp. muedo fr. moeuf), mözel, mosel (modiolus)
vöd (it. vuoto), adöver, döver (adoperatio), pövel (fr.
peuple), pröpi (prope afr. pruef), tröp (fr. troupe), fö
(fr. feu), giö (jeu), lö (lieu', rö 2. röv, aröv 3. (rogatio) [25]).
β) ou: moula (mola fr. meule), scoula (schola it. scuola),
soula (solum it. suolo), voul (it. vuole), svoul = flug
(fr. vol); -olus lautet neben -öl auch -oul (besonders f.
-oula), figlioul, -oula (filiolus fr. filleul), paglioula (it.
pagliola von lat. palea), cour (cor), our, oura (foras fr.
hors), sour (soror pr. suer fr. soeur), nouda (nota gemein-
romanisch ohne diphthong), rouda (rota fr. roue', crouda
(conrotat cf. it crollare e. w. I. p 146.), bouv (bos it.
bove fr. boeuf), mouver (movere), nouv (novus, novem),
prouva müsserkr. 204 (proba fr. prouve), ouvras müsskr.
636 (operas fr. oeuvre), adrouven Biv. cf. Car. gr. p.
175. (arrogant od. adoperant?', rouga D. Champ cf. And
p. 73. (rogat).

b) In den bündnerdialekten herrscht vor
n, theilweise auch vor m vorliebe zu u, wofür die engadinerdialekte (namentlich in romanischer, wie lateinischer position) auch uo bieten, häufig
aber auch o rein bewahren: bunn, bun b. neben
bien 1. bön e. schon Biv., D. Champ. u. s. w. (bonus),
tun b. (tonus fr. ton), sunn b. (sonus fr. son) hum 1.

---

[25]) Der fassaner-dialekt in Tyrol wandelt o ebenfalls zu ö, z. b.
nöf, (novus), möver (movere), föch (focus), chöga (coqua).

so auch Biv. hom e. P. Saluz (Car. gr. 187) u. müsskr.
569, huom D. Champ. ps. 1 (homo).

c) o bleibt (besonders häufig im oberländischen)
analog dem kurzen e rein: mola, scola, sola, sgol
(e. svoul), solid, stolid, catholic; -olus -ola lautet öfter -ol
-ola: figliol, figliola, pigliola Conr. (pr. paillola e. paglioula), cor (it. cuore), chor b. (chorus it. coro fr. choeur),
or, ora, fora (foras), sora (it. suora), rosa, noda, roda,
croda (*conrotat); broda b. (ahd. brod), bov 1. 2. (bovem),
mover, nov (novem it. nove scheideform von niev it.
nuovo aber scheniv für scheniev = decem et novem), ovra
b. dovra l. prova u. s. w. Auch statt der diphthon-
gischen formen, finden sich nicht selten die mit dem einfachen vokal. Beispiele des reinen vokals im
grödnerdialekt sind etwa: scola, schol (sgol 1.),
ora, dedora (badiotisch defora fr. dehors), sor (it. suora),
rosula (rosa), bogn (buono), roda (it. ruota), po (it.
puote), bo pl. bues (it. bove pl. buoi), coutra (coperta)

III. In der position bleibt o in den verwandten sprachen
ungestört, nur walachisch und spanisch gestatten auch
hier, wie bei e den diphthong; jenes hat oa dieses ue.

a) In unsern dialekten findet sich der diphthong
gleichfalls; die formen sind aber sehr mannigfach: ie, i,
e 1. ö, vrlt. oa 2. üe, oa, ö 3. ue gr.

1) Oberländisch ie, i, e (vorzugsweise vor
liquidis und s, doch nicht streng): siemi (somnium), sien
(somnus sp. suegno), tient Conr. (ton 'tus it. tondo), quint
b. (computo sp. cuenta), chiern (cornu sp. cuerno), dies
(dorsum fr. dos), miersa (morsus it. morso), iert (hortus
sp. huerto), pierta (v. porrigere), tiert, antiert (tortum sp.
tueito), chierp (corpus sp. cuerpo), chierv (corvus sp.
cuervo), ierfan (orphanus sp. huerfano), pierch (porcus sp.
puerco), niess (noster sp. nuestro), piest (positum sp.
puesto), viess (voster sp. vuestro), iess (ossis sp. huesso),
pia (postea it. poscia), dapi (sp. despues), briek (fr. brok
cf. e. w. I. p. 87), schliepp = knall (scloppus cf. it

schioppo. e. w. II. a.), chietschen Conr. cotschen Conr.
Car. Rufin. (coccinus), tissi (toxicum it. tosco pr. tueissec
cf. e w. I.), der ursprüngliche diphthong uo erhält sich
in: queissa (coxa pr. cueissa fr. cuisse) Vor erweichtem i zieht sich ie zu e zusammen und e wird
dann bisweilen mit ö vertauscht: begl (botellus
it. budello cf. e. w. I. 93), deglia (*dolium fr. deuil),
fegl, feigl, foegl (folium fr. feuille), egl, eigl, oegl (oculus
fr. oeil). Die Schreibung eu, ieu begegnet
auch hier (besonders vor l wenn ihm durch vokalaus-
fall ein dental folgt): mieult, meult (molutus ir. moulu),
schieulda, scheulda (soluta fr. solde), vieult, veult (vo-
lutus it. volta fr. voûte), ebenso: leung (longus sp.
luengo).

2) Engadinisch ö (Gegenwärtig vor r streng
gemieden; beispiele dafür aber bei Biver. u. vereinzelt
im müsskr.): bögl (it. budello), döglia (fr. deuil), fögl
(fr. feuille), ögl (fr. oeil), vögl e. vi 1. (volo), sömi
(somnium), sön (somnus), lönsch. adv. schon D. Champ.
Biv. u. müsskr. (longe), dóss e. (dorsum), öss (os, ossis),
dapö (fr. depuis), pöia (pr. poisas), pöst e., bröck (it.
brocca), tössi (toxicum). Vor r: accört müsskr. (sp.
acuerdo fr. accord), chiörp Biv. cörp müsskr. (corpus),
mörf. Biv. (morbus), glörgia Biv. (gloria).

3) Oberengadinisch üe vor r mit folgender
consonanz (einzelne beispiele schon bei Biver. und im
veltlinkr): chüern (sp. cuerno), üert, (sp. huerto), spüerta
(pierta 1.). tüert (sp. tuerto), hüerdi (hordeum), müersa
(it. morso), chüerp. (sp. cuerpo), püerch (sp. puerco),
chavüerg (von cavatus), bei Biver.: püerti (portica),
memüergia (fr. memoire); veltlkr.: achüert (fr. accord),
hüert (hortus), tüert (sp. tuerto) aber historgia.

4) Der diphthong oa (im gegenwärtigen oberengadinisch selten vor liquidis; die ältere sprache des müsser-
und veltinerkrieges und das älteste unterengadin von
D. Champ braucht ihn in der geltung des oberländischen

io) coatschen (coccinus), coassa (coxa wal. coapse', noat
(noctem wal. noapte', oach (octo), roaccha (ahd. rocco
sp. rucca), oaz (hodie pr. huci), goasch = kropf (it.
gozzo cf. c. w. II. a 34), coala κολλα fr. collo), foarbasch
(forcipem', foassa (fossa). Beispiele bei Dur Champ.:
uoalw (volvo) ps. 42, uolucr ps. 42, doarm (dormit sp.
duerma wal. dourme) Car. gr. p. 200, cuffoarte = trost
(cf. wal. foarte) ps. 23, moarte (mortem sp. muerte) ps.
23, muart [16]) (mortuus) Andeer p. 73, dschoarfnan (disor-
phanant cf. sp. huerfano). Car gr p. 198, poarta, porta
(portat cf. wal poarte = porta) ps. 23 ps. 1, noass (noster
sp. nuestro) And. p. 73, oass (sp. hueso', poass (possum
sp- puedo), raspoastas (sp. respuesta) Car. gr. p. 199,
resposta And p. 73, noatte (noctem pr. nueg wal. noapte)
ps. 1, proassem (proximus); auch in offener silbe ist ihm
dieser diphthong bekannt: poa, poan (podest, possunt)
Car. gr. 198, choa (it. come', proa jetzt pro e. = bei
(pro afr. eide pro nfr. pour). Beispiele im Müsserkrieg: poart 232 portus reimt auf sort aber 424 soart
(sortem wal soarte', spoarta 591 = Gefolge (it scorta?
cf. e. w. II. a. p. 21), voass pl. 475, noas pl 503, noss
nossa sgl. 22. 206, poassa (possit) 348, poasta = post
(?) 74, respoasta 301, noat, not 45. 77. Beispiele
im Veltlinerkrieg: foart 412, foarz 95, forza 102,
moarts (mortui) 579, soart 486, coarp. (sp. cuerpo),
Tschoarschet (cf. fr. George) 828, noassa sgl. nossas pl.
14. 27, noat 128, not 50 (wal. noapte), oaik (octo) 272.

5) Grödnerisch ue (besonders vor nasalen und
gutturalen, aber streng gemieden vor l, r s.): suen. (sp
suegno', scuender (abscondere), fruent (frontem sp. frente
alt. fruente', puent (pontem sp puente), respuender

---

[16]) Dieses ist die einzige Form mit ua, welche mir aufgestossen
ist; beruht sie nicht auf einem druckfehler, so haben wir in diesem
ua die vermittlung des oa zu „ue" gr. „üe" 3. „ö" e. „ie" 1., welches
letztere schon Diez rom. gr. I. p. 150 als ein verdünntes üe, ent-
sprechend dem pr. ue, erklärt hat.

respondere), cuessa (pr. cueissa), cuetschen (coccinus),
cueta (cocta fr. cuit, nuct (noctem pr. nueg) uedl (oculus)
tuessë (toxicum pr. tueissec); tënder (tondere) scheint
(was öfters auch im spanischen geschieht) u ausgestossen
zu haben.

b) Im oberländischen herrscht neben dem
diphtongen (besonders vor nasalen) vorliebe zu u, für
welches oberengadinisch meist uo eintritt;
unterengadinisch bleibt aber „o“ gewöhnlich
unverändert: cunt, cout c. cumt 3. müsskr. 42 (co-
mitem fr. comte), dunna 1. duonna 2. donna 3. doch
Biv. und Veltkr. 1091 duonna so auch D. Champ. (do-
mina sp. duegna), pumpa b. pompa 3. müsskr. 395 (fr.
pompe) prunt, pront 1. 3 prompt 2. (fr. prompt), an-
cunter 1. incunter c. (sp. encuentro), frunt 1. fruont e.
(frontem wal. frunte), munt b. (montem fr. mont), punt
(sp. puente), spunda 1. sponda 2. spuonda 3. (it. sponda),
rispunder 1. risponder 2. respuonder 3. (fr. répondre),
tunder (tondere sp. tundo), lung c. (longus it. lungo),
lunsch 1. (longe), munch, muing 1. muonch e. schon
Biver. (monachus fr. moine), sampugn 1. sampoign =
kuhschelle (symphonia it. sampogna); hierher gehören
auch: curt, cuort b. (chortem wal. curte), urden, uorden
b. (ordinem), puorta Biver. 3. (portat, furma, forma 1.
fuorma e. (forma), canuscher 1. conoscher 2. conuoscher
3. (cognoscere), rucca 1. rocca 2. (ahd. rocco sp. rueca).

c) In zahlreichen fällen bleibt „o“ rein,
regelrecht im grödnerdialekt vor „l“, „r“, „s“ und
im unterengadiner vor „r“: coll gr. (collum sp.
cuello), cola 1. colla 2. gr. (κολλα sp. cola), foll b. (fol-
lis sp. fuelle wal. foale), moll Conr. 1. gr. (mollis), volver
b. volvere), corn 2. gr. (cornu), morsa 2. (it. morso),
fort, fors b (fortis), mort b. gr. (mortem), porta b. gr.
(porta, portat), sort b. gr. (sortem), tort 2. (tortum fr.
tort, corda b. gr. (chorda), morder (fr. mordre), corp
2. gr. (corpus), corv e. gr. (corvus), orb, orv b. (orbus),

orfan b (orphanus), ordo gr. (hordeum`, forsch 1. (for-
cipem), porch 2. (porcus), ancorscher part anchiert 1.
inacordscher p. -cort e. (inadcorrigere cf. it. accorgersi`,
porscher b. gr. (porrigere`, torscher gr (torquere), cossa
b. (cossus`, costa b. (fr. côte), fossa 1. 2. gr. (fossa), noss,
voss [27]) e. nost, vost gr. (noster, voster), oss gr. (oss,
-ossis), plitost 1. pütost e. (fr. plutôt`, ozz 1 hoz 2.
(hodie), cossa 2. (coxa), noig :. nott 2. (noctem), och,
oig, otg 1. ott 2. gr. (octo), prossem 1. 2. (proximus)
und viele andere.

U.

I. Langos u bleibt in allen romanischen sprachen
fast ausnahmslos bestehen. Im französischen hat es jedoch die ausprache ü angenommen

a) Von unseren dialekten bewahrt der grödnerische
den reinen laut. Die Engadiner sprechen und schreiben
ü und ihnen scheinen sich einige tyrolische dialekte (der
enneberg-badiotische, sulzbergische und bergamaskische)
anzuschliessen. Im Oberland hingegen hat sich ü zu i
verdichtet.

1) Beispiele vor liquidis und s: cul gr. chül
e. chil 1. (culus), mul gr. mül e. mill, mül 1. (mulus`,
pulesch gr.) püllasch 3. pülsch 2. pillisch 1. (pulicem),
luli gr. (it. luglio), flüm e. (flumen`, fum gr. füm e. fim 1.
(fumus`, glüm e. (lumen), pluma gr. plimma 1. (pluma),
spimma 1. (spuma), schiümma e. (ahd. scûm); die endung
-umen lautet -um gr. üm e. imm 1.: sterdum gr. sternüm
e. sternimm 1. = streue (v. sternere); cuna gr. chüna e. chinna
1. (cuna), luua gr. glüna e. glinna 1. (luna`, prünna 3. prümbla
2. primm 1. (prunum), ugn gr. ün e. ün, in 1. (unus), Schugn
gr. (it. Giugno); endung -unus, una lautet ün, üna e. inn, inna
1. (grödnerische beispiele fehlen): jejün e. giginn 1. (jejunus),

---

[27]) Auch im Oberland lautet der plur. nos, vos u. so schwindet
der diphthong im plur. überhaupt; chiein, iert, chierd, pierch haben
den pl.: corns, orts, corps, porcs cf. Car. gr. p. 155.

furtūna c. furtinna 1. (fortuna); chūra e. chira 1. (cura),
dür e. dir 1. (durus), schurè gr. gürar -är c. girar 1.
(jurare), mur gr. mür c. mir 1. (murus), pür, spür e. spir
1. (purus); die endung -urus lautet -ur gr. -ür c. -ir 1.:
mudur gr. madür c. madir 1. (maturus), scur gr. schiür
e. schir, stgir 1. (obscurus), segur gr sgür e. sagir, sigir
1. (securus), drettüra c. darchira 1. = gericht (directura),
natüra e. natira 1.; füs e. = spule fis 1. Conr. (fehlt in
oberländischer form bei Car.) (fusus), plu gr. plü 2. pü 3.
pli 1. (plus), üs, adüs c. disa 1. (usus).

2) Beispiele vor mutis und im auslaut: agut
= nagel gr. agüz 3. güz 2 gitt, igitt 1. (acutus), agüd e.
agid 1. (adjutus, mudè gr. müdar -är c. midar 1. (mu-
tare), mütt c. mitt 1. (mutus, utl. gr. ütil e. itel 1. sbst.
(utile); die endung -us -utis wird -ut gr. üd e. id 1.:
salut gr. salüd c. salid 1. (salutem); die endung -utus,
-uta lautet -ù -uda gr, -ü -üd, -üda 2. -ieu -eu, -ida 1.
-icu [28]), -ida 3.: temù -uda gr. tmü -üda 2. temieu -eu,
-ida 1. tmieu -ida 3.; analog: crü e. crieu, creu 1.
cruf gr. (crudus), nüd c. nieu, neu 1. (nudus), palü, palüd
e. palicu. palcu 1. (paludem), sua gr. süac. sieua, seua 1. (su-
dat , ua gr. üa c. icua, eua 1. (uva, güblar 2. jüvlär 3. givlar
oberhalbsteinisch (jubilare), nüvel c. nivel 1. (nubilum, sü c.
si, sin 1. (cf. it. su), süsomm e. sisum 1. (pr. sus = sur-
sum), üver e. gliver, iver 1. (uber), radir 1. redür e.
ardür Biveruni (reducere), glüsch e. glisch 1. (lucem),
tschütschar -är c. tschitschar 1. (sucare), sambüco 3. suig,
suvig 1. savajü 2. (sambucus), cadüc c. (caducus), rügla
e. rigla 1. [29]) = reue (von ruga? = runzel, finstere miene

---

[28]) U trat hier vollkommen in die analogie von i über, welches
in gleicher stellung die nämliche behandlung erfährt, cf. p. 42. 2).

[29]) Rufinatscha leitet das wort von regula her, wogegen aber die
engadinische form spricht. Die weiterbildung riglicnscha 1. rüglanscha 2.
rüglentscha 3. findet wohl ihre erklärung in einer anlehnung an
poenitentia.

sp. ruga, arruga == kleine sünde), tu gr. tü e. ti
1. (tu).

b) Nur sehr geringe ausweichungen sind
auch hier zu verzeichnen: cupp 1. coppa e. copa gr.
(cupa auch it. coppa sp. pr. copa fr. coupe). baluord (it.
balordo lat. luridus it. lordo fr. lourd). Oberländisch:
mieur, meur mir oberhalbsteinisch mür e. (mus, muris),
engadinisch: cumön bei Pitsch. Saluz cf. Car. gr. p.
188. müsserkrieg 32. 70. und noch jetzt 3., regelrecht
aber cumün 2. auch Dur. Champell, cumin. (communis).
Schlecht assimilirte lateinische wörter, in denen u blieb,
können nicht als ausnahmen gelten.

II Kurzes u vor einfacher consonanz wurde in den
verwandten sprachen zu o; einzeln geschieht das auch im
grödner-dialekt, während andere fälle ou bieten; die
bündner-dialekte aber bewahren u, welches auch der
Walache und Spanier begünstigt.

a) Beispiele für u in den bündnerdialekten:
gula b. (gula wal. gure sp. gula u. gola), muglier b.
(mulier pr. molher), humil b. (humilis fr. humhle), sun b.
(sum), sura b. (supra fr. sur), lutt 1. lut 2. (lutem it.
luto u. loto wal. lut), dubi (dubium it. dubbio fr. doute),
giuven 1. juven 2. (juvenis wal. zune fr. jeune), luf b.
(lupus it. luvo fr. loup), nua b. (inubi fr. où), crusch b.
(crucem wal. cruce sp. cruz), nusch b. (nucem wal. nuce),
giuff 1. giuf e. (jugum sp. yugo); weitere beispiele mit
palatalem i unter III.

b) Grödnerische beispiele für o und ou:
sogn (sum, sumus), nora (nurus pr. nora), schoun, schouna
(juvenis), coune (cuneus sp. cugno), louf (lupus), crousch
(crucem), schouf (jugum).

c) Wie einzeln auch in den verwandten sprachen,
tritt statt u öfters der diphthong von o auf, besonders im oberländischen vor l, n, r mit palatalem i; die Engadiner schliessen sich dem an oder
setzen ü: begl 1. bügl e. (it. bolgia nfr. bouge cf. e. w.

I. 73.), basegns 1. bsögn e. vrlt. söng = sorge (it. sogna,
bisogno e. w. I. p. 385), giuventegna 1. juventünna e.
(gleichs. juventunea), vegliadegna 1. vegldüna e. (gleichs.
vetulatunea', ingiergia Ruf. injūria, ingiörgia e. letzt.
vrlt. (injuria), lisiergia Ruf. (luxuria), plievgia 1. plöv-
gia e. (pluvia it. pioggia), pluef gr. (pluvit it. piove fr.
pleut), rieven, roven 1. röven 2. = anhöhe, rain (ruina
it. rovina?); allein stehen: diember 1. nomber 2. numer 3·
(numerus fr. nombre), leuva (lupa it. lova).

   III. In der position wird u in den verwandten sprachen im ganzen wie kurzes u behandelt, d. h. es wird
o, bleibt aber gern im walachischen und spanischen,
nicht so häufig im provenzal. und französischen.

   a) Die trübung zu o herrscht im grödnerdialekt vor allen consonanten (mit ausnahme
des r) und wird auch unterengadinisch (doch nicht
vor l und r) begünstigt. Im oberländischen
und oberengadinischen finden sich nur wenige
fälle: boll = insiegel (bulla it. bollo), bollè gr.
bollär 3. = stempeln, doutsch (dulcis), mouscher (mulgere), polpa (pulpa), solch (sulcus), solper (sulphur it.
zolfo), bolp gr. golp 2. (vulpes goth. vulfs), plom e.
plögn gr. (plumbus), romper gr. (rumpere), fond 2.
(fundus), rondula gr. (hirundo fr. hirondelle), radond 2.
turond gr. (rotundus), segond 2. gr. (secundus), onda 2.
gr. (unda), vergogna 2. (verecundia), jondscher 2. schogn-
scher gr. (jungere), sponscher gr. (pungere), onscher gr.
(ungere), ontscha (uncia fr. once), fosch gr. (fuscus),
moschia gr. (musca), toss 2. (tussis), loschs Conr. und
Ruf. (luscus), angoscha 2. (angustia), gott 2. gotta
gr. (gutta), mott b. = verstand (mlat. muttum it. motto
fr. mot), mott 2. mozz gr. (it. mozzo cf. e. w. I. 284),
poz 2. (puteus), dobel e dopl gr. (duplex), nozza 1. 2.
(nuptiae), rott 2. gr. (ruptus), sott gr. (subtus), bocca 2.
botgia gr. (bucca), toccar 2. (ahd. zuckôn it. toccare),
lottär 3. (luctare).

b) Vor r mit folgender consonanz verwandelt sich u grödnerisch meist zu ou: boursa (mlat. bursa), fourtgia (furca), sourd (surdus), four (furnus), tourdl = trübe von turbulo); aber correr, cors (currere, cursus), lors (ursus).

c) Oberengadinisch ist uo hauptform und ihm folgen nicht unhäufig die Unterengadiner und Oberländer. Regelrecht steht der diphthong in allen drei dialekten vor r mit beliebiger consonanz und l mit folgendem labial: cuolm b. aber culm heizenberg. (culmus), cuolp b. culp h. (colaphus? it. colpo), cuolpa b. culpa h. (culpa), puolp b. (pulpa), puolvra (pulverem), suolper 1. suolpa 3. surfel 2. (sulphur sp. azufre`, vuolp 1. guolp e. (vulpes goth. vulfs), buorsa b. (bursa), cuors b (cursus), cuorer 1. cuorrer e. (currere), cuort b. (curtus), fuorchia 1. fuorcha e. (furca), fuorn (furnus`, nuorsa 1. = schaf (nutrix? cf. fr. nourrice engl. nurse`, suord b. (surdus`, tuorbel, tuorbi b. = trübe (v. turbulo), antuorn 1. intuorn e. (it. intorno), tuorp b. = schande (turpis), tuorr b. (turris), uors, uorsa b. (ursus), muott, muotsch 1. (it. mozzo`, muott, muotta b. (it. motta cf. c. w. I. p. 213.), daguott 1. guott 3., puoz 1. 3. (puteus`, anguoscha 1. 3. (angustia), muoschia, muosca b. (musca). Andere beispiele sind nur engadinisch (oft nur 3.): buollar 2. bollär 3. (bulla), 'suolch 2. suoigl 3. (sulcus), fuons 3. (fundus), muond e. (mundus), raduond 3. (rotundus), uonda 3. (unda), dinuonder e. (de in unde), verguogna 3. (verecundia), cuogn e. (cuneus), gruoign 1. = rüssel gruognär 3. (grunnire), puoign e. (pugnus), puonch (punctum), tuoss 3. (tussis), cruosta e. (crusta`, ruot 3. (ruptus), suot e. (subtus), buocca 3. (bucca), duoch = wassergraben e. (ductus), luottar 2. (luctare).

d) Wie langes u wird es öfter vor st und ct behandelt: fust gr. fist 1. Car. fest Ruf. (fustis fr· fût), gist 1. jüst 2. güst 3. (justus fr. juste), gistia 1

jŭstia 2. gŭstia 3. (justitia fr. justesse), frig fritg 1. frŭtt
e (fructus fr. fruit), pitg 1. pŭtt e. = nadelstich (punctum cf. it. pizza fr. pince e. w I. 326), itg 1. ŭtt e. =
salbe (unctum)

e) In den meisten fällen bleibt u oberländisch rein, einzeln auch bei den Engadinern:
bullar (bollär 3.), dulsch 1. dutsch e. (dulcis), mulscher
p. muls 1. muscher 2. munscher 3. (mulgere), suigl
(sulcus). tumult b. (tumultus), plum (plumbus), rumper b.
(rumpere), funs 1. (fundus), mund, radund, segund, unda,
danunder, vergugna, cugn, grugn, grungiar, pugn (pugnus, punctum), ungla b. (ungula), schunscher 1. giund-
scher 3. (jungere), punscher 1. pundscher 2. (pungere,
tuss, crusta, dubel rutt, sutt, bucca, duch, luchiar, tuc-
car 1. tuchär 3. (it. toccare).

f) Wie bei kurzem u hat sich auch hier einzeln
der diphthong von o eingedrängt: noazza 3. (nuptiae),
mculscha 1. = das gesammte gemolkene (v. mulgere).
Mit uebergehung des unlateinischen Y, von dem zu spär-
liche trümmer vorhanden sind, so wie des Æ und Œ,
deren wir schon bei E gedachten, wenden wir uns schliesslich zu:

AU.

Schon im latein verdichtete sich au häufig zu o und
dieses adoptirte die ital., span. und franz. sprache, während der Walache und Provenzale den diphthong in
seiner ursprünglichen geltung bewahrten. Von unsern
dialekten setzt der oberengadinische consequent o; der
oberländer und unterengadiner meist au einzeln da-
neben o; der grödner scheint o zu begünstigen.

1) Oberengadinisch o: soma e. (ahd. saum it.
soma e. w. I. 363), or 3. gr. (aurum), ora (aura), tôr
(taurus), alossa = faulbeere (etwa von alauda pr. alauza?
Steub hält es für etruskisch), chosa (causa it. cosa fr.
causc), clostra = kloster (claustrum), nosch = böse (von
nauseo?) pôs (pausa), cloder part clos (claudere), frod

(fraudem), giodair e. (gaudere), giodia e. = ertrag (gau-
dium), lod (laudem), lobgia (ahd. laubjâ it. loggia fr.
loge), pover (pauper), roba 3. robba gr. (ahd. roub goth.
biraubon it. roba fr. robe) poch (paucus), roch (raucus);
dieselbe behandlung erfäurt secundäres au: grò (gratum,
gradus), prò (pratum), chò (caput), ocha [80]) e (avica it.
oca fr. oie), fo (fagus); die part. auf atus haben ò:
ludò, chautò. Man vergleiche auch p. 22. 3).

2) Oberländisch und unterengadinisch
haben au, u. als nebenform öfter o Unterengadinisch flacht au bisweilen zu a ab:
sauma 1. samma 2. (pr. sauma), aur, ôr 1. 2. (wal. pr.
aur), aura, ora 1. aura 2. (pr. it. sp. pg. aura), taur
1. 2. (taurus wal. pr. taur), laussa 1. alaussa 2. (cf.
alossa 3.), caussa 1. chaussa 2. (wal. cause pr. causa),
claustra (claustrum), nausch (nosch 3. cf. it. pr. nausa),
paus 1. 2. (pr. paus), auda 1. (audio wal. pr. auz),
clauder part. claus (claudo pr. clau), fraud (pr. frau),
gauda 1. (gaudeo cf. pr. gaug, laud 1. 2. (wal. laude),
laupchia, lauchia 1. labgia 2. (ahd. laubjâ), pauper (pr.
paubre), rauba 1 roba, raba 2. (pr. rauba), pauc 1. pac
2. (pr. pauc), rauc, rauch 1. rauc, rac 2. (raucus), grau
1. grà 2. (gratum), grad 1. grà 2. (gradus), chiau 1.
chieu 2. (caput), auca, oca 1. (avica), fau 1. (fagus),
ludau, cantau 1. ludà, chantà 2. (laudatus, cantatus).

In folge eines weiteren lautwechsels tritt im grödnerischen öfter der diphthong des o ein: puere (pauper),
puec (paucus afr. pau, po nfr peu), stueb (ahd. staub).

---

[30]) Grödnerisch lautet das wort autgia, abteiisch alscha masc.
alschugn. Mitterrutzner p. 17. gibt desswegen alca zu erwägen, welches in der ornithologie einen gänseartigen vogel bezeichne. Doch
könne im abteiischen au zu al aufgelöst zu sein, wie auch in aldi
== audire; laldè == laudare, l'altogn == auctumnus. Die gleiche er-
scheinung bietet das florentinische cf. rom. gr. I. p. 160.

Bemerkungen zu den betonten vokalen.

Wie die französische sprache, hielten auch vorliegende dialekte das ziemlich streng durchgeführte princip der andern romanischen sprachen: „die langen vokale bleiben wie sie sind" nur theilweise fest. Gleichwohl zeigen auch hier die langen vokale eine weit grössere stätigkeit als die kurzen. Der veränderungen, welche jenen widerfuhren, sind nur wenige und consequent durchgeführte, während bei diesen oft die mannigfachsten wandlungen neben und durcheinander gehen. Den langen vokalen liessen alle dialekte fast die gleiche behandlung angedeihen und nur in der gestaltung der kurzen weichen sie oft weit von einander ab.

Ungestört durch alle dialekte blieb allein î. Ihm zunächst steht û, welches grödnerisch rein bleibend, in den engadinerdialekten den franz. laut ü erhält und oberländisch vollständig mit i verschmilzt. ê und ô erfahren die gleiche behandlung wie kurzes i und u, analog den verwandten sprachen, besonders der ital. und prov. Jedoch trat bei ê und kurzem i nach französischer weise (nfr. oi norm. u. nordit. ei dial. v. Anj. u. Poit. ai) der diphthong (ei 1. êi gr. ai e.) an stelle des einfachen e der andern sprachen, und für lat. ô und kurzes u setzen die bündnerdialekte u, der grödner ou, welchem it. pr. o; sp. port. o (= lat. ô) o, u (= lat. u) fr. eu, o (= lat. ô) o, ou (= lat. u) und unsern dialekten zunächst kommend wal. o, oa, u (= lat. ô) u (= lat. u) entsprechen. Lat. au hat oberländisch und unterengadinisch den prov. u wal.

laut au; oberengadiniseh und einzeln auch in den andern
dialekten tritt an seine stelle, wie it. sp. fr. „o." Bei a
schwand wie auch sonst der unterschied der quantität.
Obereng. und grödn. schwächen es, wie franz., vor einfacher consonanz zu ä, è (rein bleibt es aber vor m in
beiden und vor n im grödnerdialekt). Die schwächung
findet sich auch vor mehrfacher consonanz (obereng.
wenn n, grödn. weun r der erste consonant ist). Am
reinsten bewahrt der Unterengadiner den a laut, während
im Oberland (einzeln allerdings auch im Unterengadin)
vor den nasalen au oder o an seine stelle tritt, analog dem
dumpfen u des walachischen. Der verdumpfung des a
zu au, obereng. ô vor (verstummtem oder fortbestehendem)
l und folgendem consonanten, ist auch den andern romanischen besonders der französichen sprache bekannt. Kurzes
e und o zeigen in den bündnerdialekten nur selten diphthongierung [ie (ea) = lat. kurz. e; ie 1. ö e. = lat. kurz o]
während grödn. wenigstens bei o der diphthong (ue)
analog den verwandten sprachen (sp. pr. ue) hauptform
ist. Eine art umgekehrter diphthong ist im Engadin
üblich (ei = kurz e; ou = kurz o', wofür auch der
Portugiese einige beispiele zu haben scheint. In der
position aber findet der diphthong des „e" u. „o" (wie
sp. wal. und einzelne auch pr. u. afr.) umfangreiche anwendung. Am sparsamsten gebraucht ihn das unterengadinische in seiner jetzigen gestalt. Im oberländer-
dialekt besteht der reine vokal meist gleichbereohtigt
neben dem diphthongen. Die ältesten denkmäler beider
engadinerdialekte und der grödner diphthongieren e vor r.
Gegenwärtig haben die Engadiner den diphthong auch
hier fast ganz aufgegeben, während an stelle des einfachen o noch im gegenwärtigen oberengadinisch mit vorliebe der diphthong gesezt wird und zwar in drei ge-
staltungen: ö (welches auch der Unterengadiner kennt),
oa (welches im älteren obereng. und im ältest. unter-
eng. sehr bevorzugt wird, und üe. (im gegenwärtigen

oberengadin. vor r). Lat. i in der position wird wie in
allen romanischen sprachen so auch hier zu e (engad.
bisweilen ai), oder bleibt seltner rein. In der alten
sprache beider engadinerdialekte scheint jedoch auch
hier diphthongierung zu ea, ia, ie herrschend gewesen
zu sein. Lat. u in der position bleibt oberländisch meist
unverletzt (wie im walachischen) und wird unterengadinisch
(wie in den übrigen verwandten sprachen) meist o. Vor
r oder l mit folgendem consonanten aber wenden beide
dialekte den diphthong uo an, der im oberengadinischen
sogar vor allen consonanten hauptform ist. Der grödner setzt o und vor r mit folgend. consonanten ou.

Die tabelle der vokale, bei welchen jedoch nur die
hauptformen berücksichtigt sind, ist folgende:

	1	2	3	gr.
A einf. cons.	a, au, o	a (o), vrlt. au	ä, a	è, a
mehrf. „	a, o	a (o), vrlt. au	a, au (= ä)	a, è
E lang	ei, e	ai, e	ai, e	ëi, e
kurz	e, ie	ei, e	ei, e	e, ie
posit.	ie (ia), e	e, vrlt. ie und ea	e, vrlt. ie und ea	e, ie
J lang	i	i	i	i
kurz	ei, e	ai, e	ai, e	ëi, e
posit.	e, i	e, ai, vrlt. ie (ea)	e, ai, vrlt. ie (ea)	ë, i
O lang	u	u (o)	u (o)	ou (= eu?), (o)
kurz	o, ie	ou, ŏ, o	ou, ŏ, o	ue, o
posit.	ie, o	o, ŏ, vrlt. oa	üe, oa, ŏ	o, ue
U lang	i	ü	ü	u
kurz	u	u	u	ou, o
posit	u, uo	o, uo, u	uo, u, o	o, ou
Au	au, o	au, (o)	o	o, au
